Andreas Schlüter · Irene Margil

Ausreißer

STECKBRIEF

Michael: Athlet

Alter:
12 Jahre

Nation:
USA

Geschwister:
keine

Hobby:
Krafttraining

Lieblingsfarbe:
gold

Sternzeichen:
Widder

Schwäche:
protzt manchmal mit seinen Muskeln

Stärke:
meistens schnell im Handeln

Motto:
„Köpfchen allein genügt nicht. Kraft gehört dazu!“

Lieblingsfächer:
gibt es nicht!

Berufswunsch:
Sport-Animateur, Fitnesstrainer

Geschwister:
Schwester Hu[illegible]

Hobby:
Pflanzen, B[illegible]

Lieblingsfarbe:
grün

Sternzeichen:
Löwe

Schwäche:
manchmal

Stärke:
ruhig un[illegible]

Motto:
„Es gib[illegible]

Lieblings[illegible]
Biolog[illegible]

Berufsw[illegible]
Rich[illegible]

STECKBRIEF

Jabali: Läufer

Alter:
12 Jahre

Nation:
Südafrika

Geschwister:
Bruder Rasul, 6 Jahre

Hobby:
Eisherstellung

Lieblingsfarbe:
täglich wechselnd

Sternzeichen:
Waage

Schwäche:
ist manchmal lieber allein

Stärke:
ausdauernd, geduldig

Motto:
„Nicht weglaufen, sondern hinlaufen!“

Lieblingsfächer:
Mathematik

Berufswunsch:
Sportwissenschaftler

CKBRIEF

Kämpferin

re

Deutschland, ihre kommen aus Vietnam

e

men

sie eine Giftschlange

en

en Weg."

s: Pflanzenkunde

STECKBRIEF

Ilka: Schwimmerin

Alter:
12 Jahre

Nation: Australien, die Eltern kommen aus Deutschland

Geschwister:
keine

Hobby:
Zierfische, Salzwasseraquarium

Lieblingsfarbe:
türkisblau

Sternzeichen:
Skorpion

Schwäche:
hasst ihre Sommersprossen

Stärke:
unternehmungslustig, zuverlässig

Motto:
„Achte jedes Tierchen!"

Lieblingsfächer:
Physik, Chemie, Biologie

Berufswunsch:
Meeresbiologin oder Sportärztin

STECKBRIEF

Lennart: Ballkünstler

Alter:
12 Jahre

Nation:
Deutschland

Geschwister:
keine

Hobby:
Jonglieren und Bällesammeln

Lieblingsfarbe:
Linhs Augenfarbe

Sternzeichen:
Schütze

Schwäche:
manchmal hektisch und nervös

Stärke:
lebendig, kommunikativ

Motto:
„Erst zielen, dann handeln."

Lieblingsfächer:
Englisch, Deutsch

Berufswunsch:
Dolmetscher

Andreas Schlüter, geboren 1958, ist einer der erfolgreichsten Kinder- und Jugendbuchautoren der letzten Jahre. Gleich sein erstes Buch ›Level 4 – Die Stadt der Kinder‹ wurde ein Bestseller. Neben den zahlreichen ›Level 4‹-Bänden sind auch seine ›Heiße Spur ...‹-Abenteuer um Marion und das sprechende Chamäleon bei dtv junior im Taschenbuch lieferbar.
Zusätzliche Informationen über Andreas Schlüter und seine Bücher stehen unter www.aschlueter.de und www.fuenfasse.de zur Verfügung.

Irene Margil, geboren 1962, entdeckte im Alter von 9 Jahren zwei Leidenschaften: das Fotografieren und den Sport. Das Fotografieren machte sie zu ihrem Beruf, den sie bis heute in Hamburg ausübt. Basketball, Skifahren, später Wen-Do und Karate waren ihre bevorzugten Sportarten, bis sie mit 33 Jahren das Laufen entdeckte. Sie läuft Halbmarathon und Marathon. Daneben ist Irene Margil ausgebildete Lauftherapeutin und Nordic-Walking-Trainerin. ›Fünf Asse‹ ist ihr erstes gemeinsames Buchprojekt mit Andreas Schlüter bei dtv junior.
Zusätzliche Informationen über Irene Margil und ihre Bücher unter www.irenemargil.de.

Andreas Schlüter · Irene Margil

Ausreißer

Fünf Asse

Sport-Krimi

Mit einem Daumenkino
von Karoline Kehr

Deutscher Taschenbuch Verlag

Originalausgabe
In neuer Rechtschreibung
Juli 2009

www.dtvjunior.de
Umschlagkonzept: Karoline Kehr
Umschlagbild: Karoline Kehr
Lektorat: Anke Thiemann
Gesetzt aus der Lucida Sans 11/15˙
Gesamtherstellung: Druckerei C. H. Beck, Nördlingen
Gedruckt auf säurefreiem, chlorfrei gebleichtem Papier
Printed in Germany · ISBN 978-3-423-71357-3

Neuigkeit

Stolz verteilte Jabali seine neueste Leckerei aus eigener Herstellung, ein cremiges Schoko-Sauerkirsch-Eis in einer Waffeltüte mit blauem Zuckerrand.

»Sieht superlecker aus«, lobte Ilka.

Auch Linhs Augen glänzten schon vor Vorfreude, als Jabali ihr ein Eis in die Hand drückte.

Zusammen mit Michael standen die vier vor dem Schultor und warteten auf Lennart.

Im Sommer kam Lennart immer mit dem Fahrrad. Jetzt im Winter benutzte er aber oft den Bus, mit dem er länger brauchte.

Andere Schüler zogen an den vieren vorbei, schlugen ihre Kragen hoch und schüttelten ungläubig die Köpfe, als sie sahen, dass die vier Eis aßen.

Ein kalter Wind zog durch die Straßen. Ein Wetter, bei dem sich niemand freiwillig länger draußen aufhielt als notwendig. Nur die vier standen vor

 dem Schultor, als würden gerade die Sommerferien beginnen, und schleckten Eis, das Jabali wie meistens in einer großen Kühltasche mit in die Schule gebracht hatte.

Michael probierte als Erster. Sofort verzog er das Gesicht und spuckte es aus. »Bäh!«, schimpfte er. »Was ist das denn? Total scharf!«

»Natürlich!«, wunderte sich Jabali über Michaels Reaktion. »Das ist doch auch mit Chili.«

Genau Linhs Geschmack, die als Vietnamesin scharfes asiatisches Essen gewohnt war. Für Ilka war das Eis zwar gewöhnungsbedürftig, aber sie war gern bereit, sich daran zu gewöhnen.

Niemand bemerkte, wie Lennart mit dem Mountainbike angerast kam.

»Achtung!«, rief Linh, als Lennart schon hart abbremste und auf die Gruppe zuschlitterte. Instinktiv sprang Michael beiseite und stieß dabei Ilka mit dem Ellenbogen an. Der flutschte die Eistüte aus der Hand, die auf Jabalis Brust zermatschte.

»Oh Mann!«, fluchte er.

Lennart riss das Hinterrad herum und kam kurz vor der Gruppe zum Stehen. »Hi!«, begrüßte er seine Freunde. »Habt ihr schon gehört?«

»Was?«, fragte Michael. »Dass sie einen Irren freigelassen haben, der mit dem Mountainbike in Menschenmengen rast?«

»Ist doch nichts passiert«, wiegelte Lennart ab.

»Nichts?«, wiederholte Jabali und zeigte auf den Matsch auf seiner Trainingsjacke. Denn natürlich war Jabali trotz Kühltasche in Sportkleidung zur Schule gelaufen. Jabali lief immer. Stillstand war ihm zuwider. Und niemand seiner Freunde konnte sich daran erinnern, Jabali mal in normalem Tempo gehen gesehen zu haben.

»Wieso bist du nicht von der anderen Seite gekommen?«, wunderte sich Ilka, während sie sich ihre Hände mit einem Papiertaschentuch abwischte. »Mit dem Bus?«

»Training!«, antwortete Lennart.

»Training?« Auch Linh wunderte sich. Lennart war vor allem ein Ballspieler. Und ein Sprinter. Was gab es da mitten im Winter auf einem Mountainbike zu trainieren?

»Das wollte ich euch ja gerade erzählen«, erläuterte Lennart. »Aber ihr hört ja nicht zu. Es gibt ein Radrennen!«

»Radrennen? Hier bei uns? Mitten im Winter?«

 Das konnte sich Ilka überhaupt nicht vorstellen.

Lennart schüttelte den Kopf. »Nicht jetzt. Sondern in sechs Monaten. Im Sommer. Deshalb ist noch genug Zeit zum Trainieren. Und auch nicht bei uns, sondern ...«

Er machte eine kleine Pause, warf Michael einen vorsichtigen Blick zu und rückte erst dann mit dem Ort heraus: »In Grünheim.«

»In Grünheim?«, schrie Michael auf und verzog das Gesicht, als hätte ihm jemand Chili pur in den Rachen geschüttet.

Lennart hatte diese Reaktion vorausgeahnt. In Grünheim existierte eine ähnliche Sportschule wie die James-Connolly-Schule, auf die die Fünf Asse gingen, eine Gesamtschule mit dem Schwerpunkt Sport.

Die Grünheimer zählten bei allen Wettbewerben zu den größten Konkurrenten der James-Connolly-Schule. Schon traditionell bestand daher eine große Rivalität. Nie würde Michael freiwillig auch nur einen Fuß nach Grünheim setzen. Und jetzt sollten sie dort an einem Radrennen teilnehmen?

»Hast du zu heiß gebadet?«, fragte er Lennart deshalb auch, wobei er sich mit dem Zeigefinger an die Stirn tippte. »Ich geh doch nicht nach Grünheim.«

»Du Spinner!«, lachte Ilka. »Wieso denn nicht? Die Grünheimer kommen doch auch zu unseren Sportfesten!«

Aber das war für Michael natürlich etwas ganz anderes.

Lennart erläuterte weiter, was er erfahren hatte: Erstmalig sollte in Grünheim ein großes Radrennen stattfinden. Ein riesiges Event mit mehr als 10 000 Teilnehmern.

Noch nie war er bei einem dieser großen Rennen dabei gewesen, hatte es sich aber schon immer gewünscht. Denn bei jedem dieser Rennen fanden am Vortag auch Juniorenrennen statt. Und genau das war auch in Grünheim geplant.

»An dem Sonntag ist das riesige Jedermann-Rennen und am Samstag ein großes Straßenrennen für Junioren im Alter von 12 bis 14.«

Linh verzog das Gesicht. Sie war erst elf.

»Ich habe einen der Grünheimer getroffen«, beendete Lennart seinen Bericht. »Die fordern uns natürlich heraus. Sie sagen, im Radrennen hätten wir keine Chance.«

»Die Großmäuler!«, rief Michael.

Wieder musste Ilka lachen. »Klar! Von einem Großmaul bist du ja weit entfernt!«

Michael verstand die Anspielung nicht, sondern erregte sich weiter: »Denen zeigen wir, was Sache ist. Die können den Staub von meinem Hinterrad schlucken!«

»Genau!«, stimmte Lennart ein.

»Dafür allerdings«, schmunzelte Ilka, »müsstest du erst nach Grünheim mitkommen.«

Michael fühlte sich ertappt. Aber nur für einen Moment. »Vielleicht haben wir ja Glück und die Rennstrecke führt schnell wieder aus Grünheim heraus.«

Jetzt lachten alle.

»Dann sind wir noch schneller«, versprach Jabali. »Nur um schnell aus Grünheim heraus zu sein.«

»Das heißt, wir machen mit?«, fragte Lennart. Und erhielt ein einhelliges, begeistertes Ja zur Antwort.

Nur Linh wagte eine Bemerkung: »Ich bin erst elf und kann nicht mitfahren, und vielleicht spielt es auch eine Rolle, dass Ilka, Michael und Jabali noch nie Rennrad gefahren sind?«

»Pah!«, wiegelte Michael ab. »Ich beherrsche mein Mountainbike perfekt. Da wird Rennrad ja wohl nicht so viel anders sein.«

»Frau Kick bietet ab nächster Woche ein Training an«, berichtete Lennart.

»Perfekt!«, befand Jabali.

Auch Ilka war begeistert. Nur Linh blieb noch immer betrübt.

»Wieso ist das Rennen nicht ab elf?«, jammerte sie.

Doch auch hier sah Lennart noch eine Chance. »Wenn wir uns als Team anmelden, gibt es ja vielleicht eine Chance auf eine Sondergenehmigung. Wir werden Frau Kick mal fragen.«

Linhs Gesicht hellte sich sofort auf.

»Und dass wir uns als Team anmelden, versteht sich ja wohl von selbst!«, rief Ilka in die Runde. »Das Fünf-Asse-Team!«

»Yeah!«, rief Michael. »Die anderen haben schon jetzt keine Chance mehr.«

Das erste Training

Mit Kribbeln im Bauch standen die Fünf Asse vor dem Materialraum hinter der Sporthalle. Frau Kick suchte an ihrem dicken Schlüsselbund den richtigen Schlüssel heraus und öffnete die schwere Eisentür.

»Erwartet nicht zu viel«, versuchte sie einer Enttäuschung der Schüler vorzubeugen. Bis auf Lennart besaß niemand der Fünf Asse ein eigenes Rennrad. Frau Kick hatte zum Glück die letzten vier der zehn schuleigenen Räder reservieren können, die sie nun in Augenschein nehmen wollten. »Es sind nicht gerade die neuesten und besten Räder, aber zum Einstieg werden sie reichen.«

»Einstieg?«, fragte Michael. »Wir wollen das Rennen gewinnen!«

Frau Kick schmunzelte. »Wart's ab, Michael. Fahr mal eine erste Runde.«

»Pah«, machte Michael. Er wusste wirklich nicht, was am Radfahren schwer sein sollte.

Jabali betrat direkt hinter Frau Kick den Raum, obwohl er eigentlich ein Verfechter jener Sportarten war, in denen technische Geräte keine Rolle spielten. Nichts anderes aber war ein Rennrad: ein hochtechnisches Gerät.

»Die Räder haben gar keine Pedale!«, rief Jabali entsetzt. Oder sie waren abgebrochen. Jedenfalls das, was er da an den Kurbeln sah, schien ihm irgendwie unfertig zu sein. Wie ein Teil, auf das erst ein Pedal draufmontiert werden musste.

Doch Lennart klopfte ihm lachend auf die Schulter. »Das sind Klickpedale. Dafür brauchst du noch extra Schuhe!«

»Extra Schuhe?« Jabali kam diese Frage über die Lippen, als sollte er in Gummistiefeln einen Marathon laufen. Bei der letzten Mini-Olympiade hatte er Geschichte geschrieben, als er sich mitten im Lauf die Schuhe ausgezogen und den Lauf barfuß fortgesetzt hatte. Und jetzt sollte er Spezialschuhe anziehen? Das war überhaupt nichts für ihn.

Doch Frau Kick hielt ihm schon ein Paar in seiner Größe vor die Brust.

»Probier sie mal«, forderte sie ihn auf. »Aber erst mal Rennkleidung anziehen und Helme aufsetzen.«

Für Jabali wurde es immer verrückter. Rennkleidung! Helme!

»Werden wir in den Weltraum geschossen oder wollen wir einfach nur Fahrrad fahren?«

Ilka klopfte Jabali gegen den Kopf. »Ist zwar nicht viel drin, aber das bisschen wollen wir doch schützen, oder? Wär ja schade drum!«

Jabali seufzte. »Gut, ziehe ich mich also an wie so ein Alien. Da lobe ich mir das Laufen. Man rennt einfach los, fertig.«

»Als ob du nicht pro Halbjahr ein Paar sündhaft teure Laufschuhe verschleißen würdest«, erinnerte Lennart.

Nachdem sich alle umgezogen, passende Räder ausgesucht und mithilfe von Frau Kick Lenker- und Sattelhöhe richtig eingestellt hatten, standen die fünf abfahrbereit draußen neben der Sporthalle.

»Okay! Los geht's!«, rief Michael und wollte gerade losdüsen. Die Vorbereitungen hatten ihm schon viel zu lang gedauert. Doch Frau Kick hielt ihn zurück.

»Was ist denn noch?«, moserte Michael.

»Wir üben erst mal auf dem Schulparkplatz«, bestimmte Frau Kick.

Michael konnte es nicht fassen. Sie wollten für ein Radrennen trainieren und nun sollten sie mit Frau Kick auf einem Parkplatz das Fahrradfahren üben wie Kleinkinder. Da fehlten ja nur noch die Stützräder!

Frau Kick ging nicht auf Michaels Gemoser ein, sondern bestimmte nur: »Michael fährt als Erster mal eine Runde.«

Michael drehte eine Runde, und obwohl Frau Kick ausdrücklich gefordert hatte, langsam zu fahren, drehte Michael sofort auf, sauste wieder auf die Gruppe zu, bremste, wie er es mit seinem Mountainbike gewohnt war, kam auch zum Stehen und …

… wollte sich mit dem linken Fuß abstützen. Doch der Fuß hing mit dem Schuh in dem Klickpedal fest.

»Das löst sich niiiiicht«, konnte Michael noch rufen, dann kippte er zur Seite um.

Mit einem lauten Fluch krachte er auf den Asphalt.

Linh hielt erschrocken den Atem an. Ilka beugte sich sofort zu Michael hinunter und hatte eine Hand schon griffbereit an ihrem Notfalltäschchen.

Lennart beruhigte die Mädchen: »Das passiert jedem Anfänger.« Er wusste, dass man sich bei einem solchen Sturz in der Regel höchstens eine kleine Schürfwunde am Ellbogen und am Knie einhandelte, wenn überhaupt.

»Anfänger!«, fluchte Michael und rappelte sich mühsam auf. »Von wegen. Wieso lösen sich die verdammten Schuhe nicht aus den Pedalen?«

»Weil es sinnvoll ist, das erst mal zu üben«, dozierte Frau Kick. »Also, jetzt fahr noch mal langsam über den Parkplatz hin und zurück. Und unterwegs versuch ein paarmal, aus den Pedalen heraus- und wieder hineinzukommen.«

Diesmal folgte Michael den Anweisungen. Dennoch: Er war nur froh, dass ihn niemand von den Grünheimern gesehen hatte.

Die erste Tour

Jabali staunte nicht schlecht. Die kleine Autobahnbrücke, über die sie fuhren, erschien ihm auf dem Rad plötzlich wie die Voralpen. Mit schweren Beinen trat er in die Pedale und hatte dennoch das Gefühl, kaum voranzukommen. Sein Eindruck verstärkte sich noch dadurch, dass Lennart an ihm vorbeizog, als würde er bergab fahren. Anders als Michael, Ilka und Linh musste Lennart dafür nicht mal aus dem Sattel gehen. Michael war das Bergauffahren durch sein Mountainbike gewohnt. Dennoch schob er sich im Wiegetritt voran, wenngleich auch mit beachtlichem Tempo. Gegen Lennart hatte er trotzdem keine Chance. Für den schien die Schwerkraft außer Kraft gesetzt. Konditionell allerdings konnte Jabali locker mithalten und so spürte er auch noch einige Reserven. Er ging nun ebenfalls aus dem Sattel und gab alles, um Lennart auf dem Weg hinauf einzuholen. Schnell zog er an dem schnaufenden Michael

 vorbei, aber gegen Lennart blieb er ohne jede Chance. Jabali brach ab. Ihm brannten die Oberschenkel, als hätte sie jemand auf den Grill gelegt.

»Das gibt's doch gar nicht!«, schimpfte Jabali. »Was ist denn nur los? Ich kann doch auch bergauf laufen!«

»Ja!«, rief ihm Frau Kick zu. »Aber da beanspruchst du andere Muskeln. Fürs erste Mal fährst du wahnsinnig gut. Schau mal hinter dich!«

Jabali drehte sich um. In der Tat kam er zwar Lennart nicht hinterher, aber allen anderen war er davongefahren. Sogar Michael, der durchs Mountainbikefahren eigentlich trainierter auf dem Rad war als er.

Lennart kam schon wieder zurück, um Jabali zu unterstützen.

»Nicht nur treten, Jabali!«, rief Lennart ihm zu. »Auch ziehen! Dafür hast du doch Klickpedale.«

Jabali sah hinunter auf seine Füße und versuchte zu begreifen, was Lennart meinte. Durch diese Unaufmerksamkeit kam er ins Schlingern und wäre beinahe gestürzt. Im letzten Moment bekam er das Rad wieder in seine Gewalt. Als er erneut Tempo aufnahm, spürte Jabali, was Lennart ihm hatte sagen wollen. Statt nur nach vorn zu treten, zog er hinten nun die Pedale aktiv hoch. Sofort merkte er, wie viel leichter er die Anhöhe hinaufkam. Fast hatte er den Eindruck, als würde ihn jemand von hinten schieben.

»Gut, Jabali!«, lobte Frau Kick, die jetzt neben ihm fuhr. »Und wenn du mit dem Fuß oben bist, auch noch schieben. Treten – ziehen – schieben. Treten – ziehen – schieben. So funktioniert der runde Tritt.«

Jabali spürte sofort, was gemeint war, und fühlte schon jetzt, wie viel ihm diese Technik half, den kleinen Hügel zu meistern. Mit deutlich höherer Geschwindigkeit fuhr er nun den Rest der Anhöhe hoch. Endlich gab es etwas, woran er sich orientieren konnte. Treten – ziehen – schieben. Das ergab einen gleichmäßigen Rhythmus, dem er sich hingab, ähnlich wie seinen Schritten beim Laufen.

»Wow!«, staunte Lennart. »Den runden Tritt müssen sogar die Profis ständig üben. Jabali hat ihn auf Anhieb drauf.«

Auch Frau Kick war begeistert. »Klasse«, freute sie sich. »Ihr lernt schnell, Kinder. Absolute Spitze.«

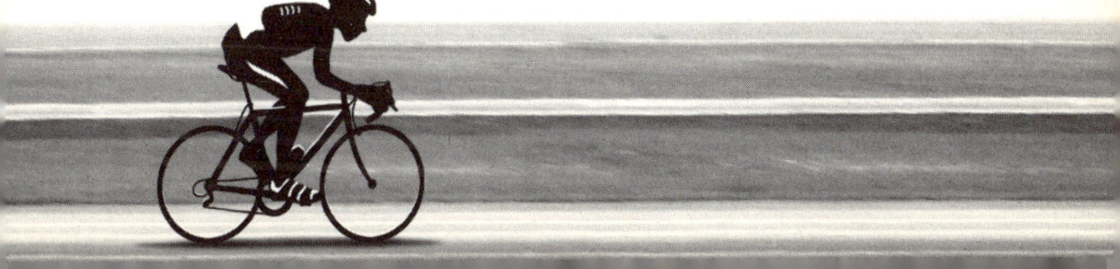

Beobachter

Sechs Wochen lang trainierten die Fünf Asse nun schon zusammen mit Frau Kick. Anfangs gemächlich, ein- bis zweimal die Woche, dann kamen ihnen die Osterferien gerade recht, das Training zu intensivieren. Genialerweise hatte sich Frau Kick bereit erklärt, den Fünf Assen für ihr Radtraining auch in den Ferien zur Seite zu stehen. Da Frau Kick sich selbst auf einen Triathlon-Wettkampf vorbereitete, kamen ihr die zusätzlichen Trainingseinheiten ganz recht.

Seit die Fünf Asse vor eineinhalb Monaten ihre Ausrüstung entgegengenommen hatten, hatten sie bereits etliche Trainingseinheiten hinter sich und fuhren schon ganz anders über die Straße. Statt sich zu verausgaben, wenn sie nur eine Autobahnbrücke zu passieren hatten, gab nun jedes Ortsschild den Start für einen sogenannten »Ortsschildsprint« vor. Man erspähte das Schild und schon ging's los. So wie jetzt. Lennart stieg aus dem Sattel, legte einen hohen Gang ein und setzte zu einem scharfen Sprint an. Die anderen folgten. Zunächst hatte Michael die Nase vorn. Aber Lennart wusste, dass das eher Michaels Schwäche als Stärke ausdrückte. Er war zu ungeduldig, verausgabte sich zu früh, nutzte nicht den Windschatten seines Konkurrenten. Im Gegenteil: Durch sein zu ungestümes Vorpreschen bot er den anderen Windschatten, wie jetzt Lennart und Jabali, die kräftesparend hinter ihm herfuhren, ihre Vorderreifen nur wenige Zentimeter vom Hinterrad des Vordermannes entfernt.

Jetzt brach Lennart aus und Michael zusammen. Michaels Kräfte waren aufgebraucht, als Lennart aufs kleinste Ritzel schaltete und zum Endspurt ansetzte. Spielend zog er an Michael vorbei. Aber Jabali klebte ihm im Nacken, fuhr erst jetzt aus Lennarts Windschatten heraus und erhöhte die Trittfrequenz. Lennart wusste, dass Jabali im Vorteil war, aber weit war es nicht mehr bis zum Ortsschild. Vielleicht konnte er seine Führung bis dahin noch retten.

Seine Hoffnung schmolz wie sein Vorsprung. Jabali hatte mit ihm gleichgezogen. Nur noch zehn

 Meter bis zum Schild, als Jabali an ihm vorbeizog und schließlich mit gut zwei Metern Vorsprung das Ortsschild erreichte.

Lennart ließ ausrollen.

»Mann!«, hechelte er mit schwerem Atem. »Wirklich gut gefahren, Jabali!«

»Mir war nur etwas ins Auge geflogen«, behauptete Michael, als er hinter den beiden herrollte. »Sonst hätte ich ihn noch gepackt.«

»Du Spinner!«, lachte Lennart. »Ins Auge geflogen! Durch die Gläser deiner Radbrille hindurch, oder wie? Du hast wie immer zu früh deine Körner verpulvert und bist mit leerem Akku durchs Ziel gerollt. 20 Meter mehr und Ilka hätte dich noch erwischt.«

»Pöh!«, gab Michael beleidigt zurück.

»Jabali ist ein echtes Naturtalent«, gab Lennart neidlos zu. »Schade, dass du lieber läufst. Ich glaube, du hättest das Zeug zu einem richtig guten Rennfahrer!«

»Das glaube ich auch«, mischte sich Frau Kick ins Gespräch der Jungs.

Jabali bremste, klickte sich mit dem linken Fuß aus dem Pedal. Das ging inzwischen ganz automatisch. Er stellte sich hin und nahm einen tiefen Schluck aus seiner Trinkflasche.

»Ja?«, fragte er und schaute Frau Kick an.

Frau Kick nickte. »Und das finde nicht nur ich.«

Jabalis Blick flog hinüber zu Linh und Ilka, die nun neben ihm anhielten und ebenfalls etwas tranken.

Doch die Mädchen hatte Frau Kick nicht gemeint. Stattdessen sah die Lehrerin auf die Uhr. »In etwa einer Stunde werden wir zurück an der Schule sein«, sagte sie. »Und in knapp eineinhalb Stunden wollen dich zwei Herren sprechen. Wir treffen uns im Lehrerzimmer.«

»Zwei Herren?« Jabali ließ seinen Blick durch die Runde schweifen. Aber niemand seiner Freunde wusste etwas davon. Jabali erntete nur Schulterzucken.

»Lass dich überraschen«, sagte Frau Kick und wandte sich dann an alle. »Seid ihr so weit? Dann zurück.«

Knapp eineinhalb Stunden später saß Jabali zusammen mit Frau Kick im Lehrerzimmer der James-Connolly-Schule und wartete gespannt auf das, was da kommen mochte.

Zum Glück musste er nicht lange warten. Jabali hatte kaum auf einem Stuhl Platz genommen, als sich schon die Tür öffnete und zwei Männer eintraten. Beide schienen noch jünger zu sein als Jabalis Eltern, vielleicht so um die 30. Beide waren schlank und wirkten recht sportlich. Der eine trug einen gut sitzenden schwarzen Anzug, der andere einen teuren Trainingsanzug, auf dem unübersehbar das Logo einer bekannten Cornflakes-Marke prangte. Auch auf dem schwarzen Anzug war das Logo zu sehen, nur dezenter. Jabali kannte die Marke. Sie schmeckte ihm sogar ganz gut.

»Was die wohl von ihm wollen?«, fragte Michael. Gemeinsam mit Ilka, Linh und Lennart saß er auf dem Schulhof, trank eine Apfelsaftschorle und blickte den beiden Männern hinterher, die soeben zu Jabali ins Lehrerzimmer gegangen waren.

»Vielleicht Talentsucher?«, überlegte Lennart.

»Talentsucher?«, wiederholte Michael. Auch ihm war nicht entgangen, welche enormen Fortschritte Jabali in den letzten Wochen gemacht hatte. Er war mit Abstand der Schnellste auf dem Rad, zumindest bei langen Ausfahrten, weil er dort seine ungeheure Kondition ausspielen konnte. Aber dass Jabali ein so herausragendes Talent sein sollte, konnte sich Michael nur schwer vorstellen. Talentsucher tauchten doch meistens bei Wettbewerben auf und nicht beim Training einer Schülergruppe.

»Na ja«, räumte Lennart ein. »Jabali ist schon außergewöhnlich gut.«

»Trotzdem: Wir sind doch ein Team!«, bemerkte Ilka.

»Natürlich!«, beruhigte Linh sie. »Jabali wird unser Team doch nicht verlassen. Im Gegenteil, es wird uns als Team insgesamt sehr nützen, wenn Jabali vielleicht eine besondere Förderung erhält.«

»Eine besondere Förderung?«, fragte im selben Moment auch Jabali im Lehrerzimmer. »Was heißt denn das?«

Jan, mit diesem Namen hatte sich der Mann im Trainingsanzug vorgestellt, und Herr Dietrich, der Mann im schwarzen Anzug, lächelten Jabali freundlich an. Herr Dietrich übernahm das Wort: »Du erhältst von uns eine spezielle Ausrüstung und Jan ...«, er zeigte mit einem Kopfnicken auf ihn, »... übernimmt das Training des neuen Teams.«

»Team?«, fragte Jabali. »Aber ich habe doch ein Team. Wir sind die Fünf Asse und ...«

Herr Dietrich grinste siegesgewiss. »Ich weiß, ich weiß. Aber dies hier ist eine Schule, Jabali. Es ist doch klar, dass, wenn man einmal eine Sportkarriere machen will, man aus dem engen Rahmen der Schule heraustreten und sich einer stärkeren Leistungsgruppe anschließen muss. Außerhalb der Schule. In einem Leistungszentrum.«

»Ich bin Läufer!«, entgegnete Jabali.

»Du bist ein außergewöhnliches Radtalent!«, widersprach Jan. Sein Blick huschte zu Frau Kick, die zustimmend nickte.

»Das stimmt!«, bestätigte Frau Kick. »Das habe ich dir ja mehrfach bescheinigt, Jabali.«

»Ja, schon. Aber ich bin ein hervorragender Langstreckenläufer«, beharrte Jabali. »Einer der besten! Oder?« Nun wandte er sich Hilfe suchend an Frau Kick.

Auch das musste Frau Kick bestätigen.

»Aber nicht der einzige«, erläuterte Herr Dietrich. »Zurzeit gibt es eine ganze Menge von sehr erfolgversprechenden Nachwuchsläufern auf der Langstrecke. Aber Radrennfahrer sind rar. Der Ruf des Radrennens hat in den vergangenen Jahren leider sehr gelitten. Deshalb sind wir besonders auf der Suche nach neuen Talenten und wollen ein junges unverdorbenes Team aufbauen.«

»Ich bin erst zwölf Jahre alt!«, erinnerte Jabali.

»Genau das richtige Alter!«, behauptete Herr Dietrich. »Weißt du was? Komm doch einfach mal mit. Wir zeigen dir deine Ausrüstung.«

Jabali suchte wieder den Blick von Frau Kick, die ihm aufmunternd zunickte.

»Okay!«, stimmte Jabali zu. »Ansehen kann ich es mir ja mal.«

Michael traute seinen Augen nicht, als Jabali an ihnen vorbei hinter den beiden Männern hertrottete, ohne ihnen ein Zeichen zu geben.

»Hey!«, rief Michael ihm hinterher. »Was ist los? Wo gehst du hin?«

Jabali drehte sich nur kurz um. »Erzähl ich euch später!«, versprach er und stieg zu den Männern ins Auto.

Kurz darauf erschien Frau Kick bei den Kindern. Sofort wurde sie von den verbliebenen vier Assen umzingelt und mit Fragen überschüttet.

Doch Frau Kick winkte ab. »Das waren ein Profi-Radtrainer und ein großer Sponsor. Sie wollen ein Team aufbauen und haben Interesse an Jabali. Er soll es sich mal ansehen. Den Rest erzählt er euch am besten selbst«, fand sie. »Aber eine Bitte. Bedrängt ihn nicht und lasst Jabali die Zeit, sich alles in Ruhe durch den Kopf gehen zu lassen. Okay?« Mit diesen Worten verschwand sie.

Verwundert blieben die vier Asse zurück.

Seltsamer Jabali

Schon zwei Tage später packte Jabali seine Sachen, nachdem am Tag zuvor Jan und Herr Dietrich noch mit seinen Eltern gesprochen und alles klargemacht hatten. Er war nervös. Immer hatte er davon geträumt, eines Tages als großes, herausragendes Talent entdeckt und zu einem international anerkannten und berühmten Sportler ausgebildet zu werden. Allerdings als Läufer. Jetzt hatte er überraschend eine Chance als Rennradler erhalten. Das hatte sich Jabali zwar nie vorgestellt, aber man sollte sein Schicksal nicht herausfordern, sondern annehmen, fand er. Wenn er als Rennradler Karriere machen konnte, dann sollte es eben so sein. Und seinen Triathlon-Ambitionen kam das schließlich auch entgegen.

Gern hätte er das auch seinen besten Freunden erzählt. Aber irgendwie hatte er Angst, sie würden ihm seine große Chance vermiesen. Schließ-

lich hatten sie vereinbart, gemeinsam für das große Radrennen zu trainieren und als Team zu starten. Ilka hatte er ein gemeinsames Triathlon-Training versprochen. Er konnte gut verstehen, wenn sie ihm also das Leistungszentrum ausreden wollten. Aber er wollte es sich nicht ausreden lassen. Nicht, bevor er es nicht ausprobiert hatte. Jabali war sich nicht sicher, ob seine Freunde das verstehen würden. Damit er gar nicht erst in Verlegenheit kam zu schwanken, hielt er sich im Moment lieber von seinen Freunden fern. So schwer es ihm auch fiel. Da noch Osterferien waren, musste er ihnen wenigstens nicht ständig in der Schule begegnen.

Als Erstes stand eine Untersuchung beim Sportarzt auf dem Programm. So etwas kannte Jabali nicht. Natürlich gab es an der Schule eine gute medizinische Betreuung. Aber die war mehr für Fälle, wenn man sie akut benötigte. Hier aber hieß es, das neue Team würde von Beginn an unter medizinischer Betreuung trainieren.

Jabali musste einen Belastungstest ablegen, seine Laktat-Werte wurden gemessen und er bekam gleich einige Vitamin- und Aufbaupräparate mit.

»Wozu?«, fragte Jabali. So etwas hatte er noch nie benötigt.

»Na hier«, klärte ihn der Arzt auf. »Magnesium ist zum Beispiel gut gegen Krämpfe.«

»Ich hatte noch nie Krämpfe«, stellte Jabali klar.

Der Arzt lächelte Jabali an: »Vielleicht hast du noch nie so hart trainiert wie jetzt?« Er zeigte ihm eines der Päckchen, die er ihm gegeben hatte. »Da ist alles, was du brauchst. Zink, Magnesium, Eisen, Vitamine ... Hochleistungssportler haben einen höheren Bedarf an diesen Mineralien, Vitaminen und Spurenelementen.«

»Aha?«, sagte Jabali und steckte das Päckchen ein. Ein wenig komisch kam er sich schon dabei vor.

Als er aus dem Behandlungszimmer kam, erwartete Jan ihn bereits.

»Alles klar?«, fragte Jan.

Jabali nickte. Doch ihm hatte die Frage offenbar gar nicht gegolten, sondern dem Arzt, den Jan durch die offene Tür hindurch sehen konnte.

Der Arzt streckte ihm den erhobenen Daumen entgegen.

Für einen kurzen Augenblick meinte Jabali in

 Jans Augen etwas zu erkennen, das sich gar nicht auf den Gesundheitscheck bezog. Doch schnell schüttelte Jabali den Gedanken ab. Worauf sonst?

Jan drückte ihm lächelnd einen Prospekt in die Hand. »Hier«, sagte er. »Kannst dich schon mal mit vertraut machen. Morgen geht es los.«

Zu Hause betrachtete Jabali sich den Prospekt genauer, in dem sein neues Rennrad beschrieben war, das er am nächsten Tag bekommen würde. Es hatte einen Neuwert von 5000 Euro! Ein absolutes Spitzenrad. Etwas, das Jabali zuvor noch nie gesehen hatte. Ein wenig wunderte er sich selbst darüber, wie sehr ihn die Technik des Rades faszinierte. Ausgerechnet ihn, der sich noch nie viel aus Technik gemacht hatte. Irgendwie konnte Jabali den nächsten Tag gar nicht abwarten, um endlich auf dem Rad zu sitzen und mit den anderen talentierten Fahrern das Spezialtraining zu beginnen. Und das Beste war: Herr Dietrich hatte versprochen, dass Jabali vom Sponsor monatlich 200 Euro Taschengeld erhalten würde. Das war mehr als das Fünffache seines normalen Taschengeldes von seinen Eltern!

Aber das war nicht das Entscheidende. Das Entscheidende war: Es war das erste Geld seines Lebens, das Jabali mit Sport verdiente. Er fühlte sich auf dem besten Weg zu einem Profi!

Kaum dachte er das, als es an der Haustür klingelte.

Jabali hörte, wie seine Mutter die Tür öffnete, und die Stimme des Besuchers: sein Trainer Jan! Was wollte der denn hier? Um diese Zeit bei ihm zu Hause?

Jabali lief aus seinem Zimmer in den Flur.

Jan machte sich gar nicht erst die Mühe einzutreten. »Ich wollte nicht groß stören«, entschuldigte er sich. Und übergab Jabali ein Paket.

»Deine Ausrüstung! Fürs Erste. Dann musst du morgen nach dem Training nicht alles nach Haus schleppen. Zieh an, was dir am besten passt, und komm dann gleich in Ausrüstung zum Training, okay?«

»Okay«, versprach Jabali.

Jan verabschiedete sich, und Jabali rannte gleich in sein Zimmer, um sich alles anzusehen. Auf den ersten Kennerblick erkannte er sofort, was er da bekommen hatte: die teuersten Funktionsunter-

 hemden, die man sich vorstellen konnte. Hemden, die trotz ihres Federgewichts wärmten, in denen man aber kaum schwitzte. Schon oft hatte sich Jabali ein solches Hemd zu Weihnachten gewünscht, aber nie bekommen.

»Dafür wächst du zu schnell aus solch einem teuren Hemd heraus«, fanden seine Eltern immer.

Jetzt lagen auf seinem Bett drei davon. Daneben ein Radtrikot mit kurzen, eines mit langen Ärmeln, eine Windstopper-Weste, eine Regenweste, eine lange, eine kurze und eine halblange Radhose, Radschuhe, Handschuhe mit und ohne Finger, ein Halstuch und ein Helm. Auf jedem Kleidungsstück war das Logo der Cornflakes-Firma aufgedruckt.

Jabali fühlte sich wie ein Profi.

Viereinhalb Asse?

Am nächsten Tag war es so weit. Mit etwas zittrigen Knien traf Jabali auf sein neues Team. Sieben andere Jungs in seinem Alter, manche vielleicht sogar etwas älter, waren schon da, saßen auf ihren Rädern und warteten auf Jabali, der sich ein wenig verspätet hatte.

Jabali war mit dem Rad gekommen. Ein normales Stadtrad, mit dem er lange nicht mehr gefahren war. Normalerweise lief er. Aber er fand es standesgemäßer, wenn er schon Radkleidung trug, dann auch mit dem Rad zu kommen. Die Klickschuhe hatte er im Rucksack.

Die anderen Jungs zogen verächtliche Mienen, als sie Jabalis alte Klappermühle sahen.

Jan begrüßte ihn mit einem breiten Schmunzeln, schob das nagelneue Super-Rennrad vor sich her und lachte Jabali an: »Nimm lieber das hier!«

Jabali tauschte das Rad, und während er danach auch die Schuhe wechselte, zeigte Jan mit einer Armbewegung in die Runde. »Und das ist dein neues Team: Sven und Ole vom Grünheim-Gymnasium.«

Jabali hätte sich fast verschluckt. Grünheim-Gymnasium! Wenn Michael jetzt hier wäre!, dachte Jabali. Dann würde in wenigen Minuten entweder eine Rangelei losgehen oder Michael nie wieder ein Wort mit ihm reden. Jabali nahm sich vor, die Grünheimer so lange wie möglich vor seinen Freunden geheim zu halten.

Entsprechend frostig fiel auch die Begrüßung der beiden Grünheimer aus. Sie schienen schon zu wissen, von welcher Schule Jabali kam.

»Kai, Lars, Max«, stellte Jan weiter vor. »Sowie Ronald und Torben.«

»Hallo«, grüßte Jabali. »Ich bin Jabali!«

»Wie lange fährst du schon?«, wollte Sven sofort wissen.

»Zwei Monate«, gab Jabali unumwunden zu.

Sven und Ole schauten sich verächtlich an. Die anderen sahen verwundert zu Jan, der sofort abwinkte. »Wartet es ab, Jungs. Wartet es ab!«

Dann wandte er sich an Jabali. »Die anderen fahren alle schon einige Jahre. Wir haben sie aus den verschiedenen Radclubs zusammengesammelt. Du bist der einzige Neueinsteiger!«

»Aha!«, sagte Jabali nur leise. Auch das hatte er vorher nicht gewusst.

»Was fährst du denn für einen Schnitt?«, bohrte Ole nach.

»Im Schnitt zwischen dem ersten und zweiten Platz«, gab Jabali geistesgegenwärtig zurück. Natürlich wusste er, dass Ole nach seiner Durchschnittsgeschwindigkeit gefragt hatte. Jabali war zwar ein Neuling im Radsport, aber die psychologischen Tricks vor Wettkämpfen kannte er vom Laufen zur Genüge.

Mit seiner Antwort landete er einen Volltreffer. Das Gelächter war auf seiner Seite. Und gleichzeitig hatte er eine ebenso einfache wie wichtige Weisheit des Radrennens ausgesprochen. Sieger war der, der als Erster über die Ziellinie fuhr. Vollkommen schnurz, mit welcher Durchschnittsgeschwindigkeit. Darin unterschied sich ein Radrennen nicht vom Laufen. Der Unterschied war ein anderer: Im Gegensatz zum Laufen war Rennradfahren ein

 Mannschaftssport. Jabali ahnte, wie schwierig das in diesem Team werden konnte. Mit den übrigen Assen würde er solche Probleme nicht haben. Er vermisste seine Freunde jetzt schon. Aber andererseits würde er mit ihnen wohl auch kaum gewinnen.

»Ole ist im Moment unser Kapitän«, erklärte Jan.

Während Jabali dies als einfache Information hinnahm, merkten die anderen auf. Insbesondere Ole sah nahezu erschrocken zu Jan.

Jabali bemerkte es und glaubte den Grund für das Entsetzen zu begreifen: Es war der Zusatz »im Moment«, den Jan gebraucht hatte. Ganz offensichtlich war für Jan die Frage des Kapitäns nicht so zweifelsfrei entschieden, wie Ole bis zu diesem Zeitpunkt geglaubt hatte. Jabali war klug genug, Jans Bemerkung unkommentiert zu lassen.

Zur gleichen Zeit trafen sich die verbliebenen vier Asse zum Radtraining und warteten auf Frau Kick. Schon zehn Minuten war sie überfällig.

»Die wird uns doch wohl nicht auch noch versetzen?«, muffelte Michael. Ihm wurde allmählich kalt in seinem Fahrraddress.

»Da kommt sie schon«, beruhigte ihn Linh.

Doch Michael ließ sich keineswegs beruhigen. Im Gegenteil. Denn Frau Kick kam nicht – wie erwartet – allein. Hinter ihr fuhr noch jemand. Nicht auf einem Rennrad, sondern auf einem zwar sportlichen, aber dennoch zweifelsfrei gewöhnlichen Straßenrad.

»Hä? Was soll das denn?«, wunderte sich auch Lennart. »Ist das nicht . . .?«

»Jessica!« Ilka erkannte sie sofort. Das war auch nicht weiter schwer. Jessica war unverkennbar. Jessica liebte alles, was rosa war und glitzerte. Entsprechend sah sie aus: das Fahrrad rosa metallic, ihr Helm rosa metallic, ihr Sportdress rosa.

»Was will die denn hier?« Michael ahnte nichts Gutes.

»Hallo!«, rief Frau Kick den Kindern fröhlich zu. »Entschuldigt die Verspätung. Aber ich habe noch versucht, das letzte Schulrennrad fit zu machen. Ist mir leider nicht gelungen. Morgen muss ich es in die Werkstatt bringen.«

»Wir haben doch alle ein Rennrad«, stellte Michael klar und zeigte auf die Räder seiner drei Freunde.

»Ihr ja«, stimmte Frau Kick zu. »Aber Jessica nicht.«

»Hallo!«, grüßte Jessica schüchtern. Sie schätzte

 zunächst einmal vorsichtig ab, wie willkommen sie war.

Michael stellte sofort unmissverständlich klar, dass er mit Jessica nichts zu tun haben wollte.

Frau Kick war forscher und fragte gar nicht erst, sondern stellte nur fest: »Jessica ist der Ersatz für Jabali.«

»Kommt überhaupt nicht infrage!«, wehrte sich Michael.

»Dann fährt überhaupt niemand«, konterte Frau Kick. »Denn zu einer Mannschaft bei dem Juniorenrennen gehören mindestens fünf Mitglieder. Sind es weniger, gelten sie als Einzelfahrer.«

Michael zog die Schultern hoch. »Vielleicht fährt Jabali ja doch mit uns. Oder eben einzeln.«

Doch Frau Kick schüttelte den Kopf. »Dann kann Linh nicht mitfahren.«

»Na super«, meckerte Michael. »Erst nach Grünheim und dann auch noch mit der da. Schlimmer kann es ja wohl kaum kommen.«

»Vielen Dank«, giftete Jessica ihn an. »Ich brenne auch nicht gerade darauf, mit dir zusammen zu fahren!« Sie wendete ihr Fahrrad und wollte schon abdüsen.

Doch Frau Kick ging dazwischen: »Halt! Stopp! So geht das nicht! Ich habe Jessica ausdrücklich gebeten, bei euch mitzufahren. Ich musste sie richtig überreden. Und Jessica hat sich bereit erklärt, nur damit eure Gruppe nicht auseinanderfällt und ihr überhaupt teilnehmen könnt. Und du empfängst sie wie der letzte Holzhammer, Michael. Schäm dich!«

Michael verstummte. Die Falten auf seiner Stirn verrieten allerdings, wie sehr er sich noch immer ärgerte. »Dieser blöde Jabali«, zischte er kaum hörbar. »Mieser Verräter!«

Lennart hingegen ging sofort auf Jessica zu. »Das ist toll, dass du das für uns tust, Jessica. Herzlich willkommen in unserem Team.«

»Genau!« Linh klatschte zustimmend in die Hände. »Ich finde das auch sehr sportlich, fair und nett von dir!«

Auch Ilka reichte Jessica die Hand. »Super!«

Frau Kick schaute Michael finster an.

»Pah!«, brachte Michael nur heraus.

Frau Kick nickte auffordernd mit dem Kopf Richtung Jessica.

Michael begriff, was Frau Kick von ihm verlang-

 te. Zögerlich streckte auch er Jessica die Hand entgegen. »Okay«, quälte er sich heraus. »Hallo.«

»Wie bitte?«, raunzte Frau Kick ihn an. »Ich habe das nicht genau verstanden.«

»Willkommen im Team«, nuschelte Michael unverständlich.

»Hä?«, fragte Frau Kick und bog demonstrativ ihr Ohr nach vorn.

»Willkommen im Team!«, rief Michael jetzt laut und deutlich.

»Schön, dass du dich freust«, sagte Frau Kick. »Okay, seid ihr bereit? Dann los. Mir nach!«

Frau Kick stieg aufs Rad, ließ die Pedale einklicken und radelte im gemütlichen Tempo los. Nachdem sie sich vergewissert hatte, dass ihr alle in einer Schlange folgten, erhöhte sie das Tempo etwas, aber nur so, dass alle mühelos mithalten konnten. Auch Jessica.

Für Ilka war es vollkommen in Ordnung, dass Jessica, die noch nicht sehr lange auf ihrer Schule war, mit ihnen fuhr. Doch auch sie vermisste Jabali sehr. Vielleicht mehr als alle anderen.

Hartes Training

In Jabalis Gruppe ging es deutlich härter zur Sache. Seine neuen Teamkollegen stellten Jabali gleich auf eine harte Probe. Sie fuhren in der festgelegten Formation: Jan, der Trainer, dahinter jeweils nebeneinander Kai und Max, Roland und Torben, Sven und Ole, Jabali und Lars.

Obwohl Jan als Trainer zu bestimmen hatte, in welcher Formation und in welcher Geschwindigkeit sie fuhren, wollte Ole gleich zu Beginn für Jabali klarstellen, wer der Kapitän des Teams war und wem Jabali sich unterzuordnen hatte. Genau in dem Augenblick, als Jabali zu seiner Trinkflasche griff und trank, rief Ole: »Kreisel!«

Jabali bekam es gar nicht richtig mit. Kai reagierte sofort, setzte sich an die Spitze und trat heftig in die Pedale. Ohne eine weitere Anweisung funktionierte der Zug wie ein Uhrwerk. Aus den Zweierreihen bildete sich eine Einer-Schlange, die Jabali

 in Sekundenschnelle ans Ende schob. Die Räder bildeten nur noch einen Abstand von wenigen Zentimetern und Kai an der Spitze zog das Tempo mächtig an.

Zum großen Pech von Jabali. Seine kurze Unaufmerksamkeit durch das Trinken genügte und der Abstand zu seinem Team war in null Komma nichts auf vier, fünf Meter angewachsen. Eine enorme Entfernung, wenn man ohne Windschatten, allein auf sich gestellt, den Anschluss wiederherstellen wollte.

»Tempo!«, befahl Ole, als er sah, dass sein Plan aufgegangen war: Sie hatten Jabali abgehängt. Oles Tacho zeigte bereits 38 Stundenkilometer an. Hinzu kam noch ein kräftiger Gegenwind. Nichts war unter diesen Bedingungen wichtiger als Windschatten, der Jabali nun fehlte.

»Was ist los, Jabali?«, rief ihm Jan jetzt zu, der nach wie vor links neben dem Team blieb, um sich den Kreisel anzuschauen. »Anschluss schaffen. Los, los!«

Jabali fluchte innerlich. Ole wollte ihn austricksen. Es war kein Zufall, dass Ole den Kreisel genau in dem Moment ausgerufen hatte, in dem er getrunken hatte. Oles einziges Ziel war es, ihn abzuhängen und zu blamieren.

Aber nicht mit mir!, dachte Jabali. Mit seiner Gangschaltung ließ er die Kette zwei Ritzel weiterspringen, stieg aus dem Sattel und setzte einen Sprint an. Die Geschwindigkeitsanzeige auf seinem Tacho stieg auf 37, 38, 40, 42 Stundenkilometer. Sein Zwischenspurt kostete Kraft und Kondition. Das wusste Jabali, aber das war es ihm wert, um sich von Ole nicht kleinkriegen zu lassen.

»Ja!«, jubelte Jan. Er war begeistert von Jabalis Antritt. »Komm, komm. Die holst du!«

Aber Jabali war kein Sprinter. Als Läufer nicht und als Radfahrer ebenso wenig. Jabalis Stärke lag in der Ausdauer. Jabali spürte, dass er seine Leistungsgrenze erreicht hatte. Schneller konnte er nicht. Und lange konnte er dieses Tempo auch nicht durchhalten.

Ole blickte zurück zu Jabali.

Vorn scherte Max aus. Roland übernahm die Führung.

»Tempo!«, schrie Ole.

Roland stieg von der Bremsgriffhaltung oben am

 Lenker um auf die unteren Griffe. Er lag nun so flach es ging auf dem Rad, bot minimalen Luftwiderstand, ging über in den leichten Wiegetritt, legte zwei Gänge höher ein und kurbelte, so schnell er konnte.

Doch Jabali hatte Glück. Vor ihnen auf der Landstraße tauchte ein Traktor auf, der einen riesigen Anhänger hinter sich herzog und genug Windschatten für alle bot. Roland war gezwungen, ein wenig Tempo herauszunehmen. Jabali beschleunigte weiter, fand somit den Anschluss an das Team und griff nun seinerseits zu einem Trick. Sein neues Rad besaß nämlich eine besondere Eigenart. Die Radnabe des Hinterrades schnarrte laut im Leerlauf. Kaum hatte Jabali zu Lars aufgeschlossen, hörte er sofort auf zu treten, nutzte seine Rollgeschwindigkeit und den Windschatten seiner Vorderleute, um dranzubleiben, und glitt im Leerlauf hinter den anderen her, während alle vor ihm noch in die Pedale traten.

Ein frustrierendes Geräusch. Denn es zeigte an: Während sie alle kräftig in die Pedale traten, rollte jemand im Leerlauf hinter ihnen her!

Ole drehte sich um. Und sah, dass Jabali den

Anschluss geschafft hatte und sich zudem nur rollen ließ.

Jabali grinste Ole breit an. »Wann fangen wir endlich mal richtig an?«, fragte er.

Ole kniff die Lippen zusammen und drehte sich wortlos wieder nach vorn.

Jan hatte sich erneut an die Spitze gesetzt, fuhr nun neben dem Traktor und rief seinen Schützlingen zu: »Frei!«

Wie an der Schnur gezogen, scherte die Schlange nach links aus. Alle gingen aus dem Sattel, um in einem kleinen Zwischenspurt den Traktor zu überholen.

Als sie vorbei waren, befahl Jan: »Zweierreihe! Grundlagentempo!«

»Nicht schlecht!«, lobte Lars neben Jabali anerkennend. Auch er hatte Oles Spiel durchschaut.

Jabali war zufrieden mit sich. Er wusste, die erste Bewährungsprobe hatte er bestanden.

Veränderungen

Die Osterferien waren vorbei. In der ganzen Zeit hatte Jabali zu seinen Freunden keinen Kontakt gehabt. So sehr war er mit dem Training in seinem neuen Team eingebunden und beschäftigt gewesen.

Heute würden die anderen Asse ihn in der Schule endlich wiedersehen. Und wenn er nicht kommen sollte, das stand für Michael, Lennart, Ilka und Linh fest, würden sie Jabali am Nachmittag einen Besuch abstatten.

Doch Jabali kam. Auch wenn ihm auf dem Weg zur Schule nie zuvor so mulmig gewesen war wie an diesem Tag.

Er wusste auch nicht, weshalb. Irgendwie hatte er sich immer noch nicht getraut, seinen Freunden mitzuteilen, dass er das Team verlassen wollte, um seine Chance als späterer Profisportler zu nutzen. So viele neue Eindrücke waren auf ihn eingeprasselt, und er hatte vor lauter Aufregung zunächst gar nicht daran gedacht, einen von seinen Freunden anzurufen. Und irgendwann war es ihm zu spät dafür erschienen. Außerdem war ihm aufgefallen, dass sich auch von den anderen Assen niemand bei ihm gemeldet hatte. Das hatte ihn sehr enttäuscht. Wenigstens einer hätte ja mal nachfragen können, wie es ihm im neuen Team erging.

Jabali warf einen letzten Blick auf sein neues Rennrad, das in seinem Zimmer an einem speziellen Wandhalter hing, den sein Vater extra für ihn anmontiert hatte. Es blitzte und blinkte im Licht seiner Deckenlampe. Sofort nach dem Training hatte er es wieder blank geputzt.

Er löschte das Licht, schloss die Tür und hing das Schild »BITTE NICHT STÖREN«, das sein Vater ihm aus einem Hotel mitgebracht hatte, über den Türgriff. Für Jabali gab es im Moment keine größere Horrorvorstellung, als dass sein kleiner Bruder Rasul seine vorwitzige Nase unbeaufsichtigt in sein Zimmer steckte und an dem neuen Rad etwas kaputt machte. Am liebsten wäre er mit dem Rad natürlich zur Schule gefahren. Aber erstens hatte er zu große Angst, dass ein so teures und edles

Rennrad auf dem Schulabstellplatz gestohlen werden würde, und außerdem war die Strecke zur Schule zu schlecht. Die Radwege waren mit ihrem brüchigen Asphalt, den nur teilweise gepflasterten Untergründen oder den Baumwurzeln, die aus dem Asphalt hervorbrachen, dafür völlig ungeeignet. Sein altes Klapperrad stand noch bei Jan, also lief er wie gewohnt zur Schule. Diesmal allerdings langsamer als sonst, weshalb er etwas zu spät kam.

Der Unterricht hatte bereits begonnen. Jabali schlich sich in die Klasse, doch Frau Kick entging sein Erscheinen natürlich nicht.

»Ah, unser neuer Radprofi!«, begrüßte sie ihn. Ihr Tonfall klang aber keineswegs ärgerlich, sondern nett und freundlich. Sie unterbrach das Thema, über das sie gerade gesprochen hatte, ging auf Jabali zu und fragte: »Uns würde alle interessieren, wie es dir in deinem neuen Team ergangen ist.«

Darauf war Jabali nicht vorbereitet. Eigentlich hatte er allein mit seinen Freunden sprechen wollen. Sein Blick flog hinüber zu Ilka, die ihm aufmunternd zuwinkte. Linh zwinkerte ihm zu und nickte mit dem Kopf zur Tafel, was so viel hieß wie: Ja, erzähl es uns. Auch Lennart schien interessiert, es zu hören. Nur Michael drehte sich demonstrativ weg und schaute aus dem Fenster.

Jabali stand vorne und überlegte, was er sagen sollte.

»Es geht ihm schlecht«, rief die stämmige Vanessa dazwischen. »Denn wie man sieht, hat er kein Eis dabei.«

Die Klasse lachte.

Na toll, dachte Jabali. Super Einstieg, wenn schon zu Beginn alle über dich lachen.

»Hast du EPO bekommen?«, rief jemand anderes.

Wieder Gelächter in der Klasse, obwohl sicher nicht alle wussten, dass EPO ein bekanntes Dopingmittel vieler Radprofis war.

»Es reicht«, wies Frau Kick ihre Klasse zurecht. »Jetzt hören wir lieber mal Jabalis Bericht.«

»Tja, also ...«, begann Jabali. »Es ist eigentlich ziemlich toll.«

»Ich hab gehört, es sind Grünheimer in deinem neuen Team?«

Diese Frage hatte Jabali befürchtet. Und er hätte sie von Michael erwartet. Doch sie kam von Matthias aus der zweiten Reihe. Wo auch immer der das gehört hatte, die Frage saß.

Jabali sah, wie Michael sich vom Fenster wegdrehte, sich ihm zuwandte und die Ohren spitzte.

Was sollte Jabali jetzt antworten? Sagte er die Wahrheit, würde Michael kein Wort mehr mit ihm sprechen. Schwindelte er, würde es vermutlich doch irgendwann herauskommen und er stand als Lügner da. Jabali entschied sich für die Wahrheit und hoffte, dass seine drei anderen Freunde Michael wieder zur Vernunft bringen würden.

Die Reaktion war noch schlimmer als von Jabali befürchtet.

Michael sprang so heftig auf, dass sein Stuhl umkippte. »Das reicht mir!«, zischte er und stampfte aus dem Raum.

»Michael?«, rief ihm Frau Kick hinterher. »Wo willst du hin?«

»Aufs Klo«, antwortete Michael. »Mir ist speiübel.« Mit diesen Worten knallte er die Tür von außen zu.

Linh sah ihm böse hinterher. Ilka schüttelte den Kopf und Lennart verdrehte die Augen.

Jabali erzählte zwar noch kurz und knapp von seinem neuen Team, dem Training und seinen

Fortschritten. Aber er wurde das Gefühl nicht los, dass ihm niemand mehr zuhörte.

Als er geendet hatte, wünschte er sich, er säße nicht mehr in der Schule, sondern beim Training mit seinem neuen Team.

Nach dem Unterricht kam Linh auf ihn zu. »Wir haben uns alle schon gedacht, dass du bei dem neuen Team bleibst«, erzählte sie Jabali. »Jessica ist deine Nachfolgerin.«

Jabali schaute Linh verwundert an. Ihm war es trotz aller Freude und Aufregung schwergefallen, sich für das neue Team zu entscheiden. Sein Fünf-Asse-Team hingegen schien ihn nicht gerade zu vermissen. Dass sie jetzt schon einen Ersatz hatten!

»So, so«, sagte er deshalb nur knapp. Er konnte nur schwer verbergen, wie enttäuscht er war.

»Ach, komm!« Ilka stieß ihn von der Seite an. »Du weißt doch genau, dass Linh sonst nicht mitfahren könnte. Wir brauchen ein Team.«

»Ihr hättet ja mal wenigstens meine Entscheidung abwarten könnten«, maulte Jabali.

Lennart verzog das Gesicht. »Ich finde, du bist der Letzte, der hier Grund hat, eingeschnappt zu sein«, warf er Jabali an den Kopf.

Das saß. Insgeheim wusste Jabali, dass Lennart nicht ganz unrecht hatte. Aber er war tief enttäuscht, hatte er doch gehofft, dass seine Freunde sich mit ihm freuten. Stattdessen schien er ihnen völlig egal zu sein. Jabali brauste auf. »Ach ja?« Er sprang von seinem Stuhl hoch, riss seine Tasche an sich und wollte nur noch raus. Doch durch den Ruck, mit dem er seine Tasche an sich riss, öffnete sie sich und der halbe Inhalt verstreute sich auf dem Boden.

»Oh Mann!«, fluchte Jabali und begann, seine Sachen aufzusammeln.

Plötzlich war eine Hand schneller. Die von Michael. »Was ist das denn?«, fragte er und hielt das Päckchen mit den Vitamintabletten fest.

»Das geht dich nichts an!«, schnauzte Jabali ihn an und wollte ihm die Packung entreißen.

Michael zog seine Hand schnell zurück und las den Namen des Medikaments, der ihm aber nichts sagte. »Wozu ist das?«, fragte er und streckte die Tabletten vor.

Jabali nutzte die Gelegenheit, riss Michael das Päckchen aus der Hand und verschwand ohne ein weiteres Wort aus dem Klassenraum.

Trainingsalltag

Jabali war froh, als er nach der Schule endlich zu Hause war und sich wieder auf sein Training konzentrieren konnte. Bisher trainierte er dreimal pro Woche. Doch künftig wollte Jabali auch die freien Tage für ein individuelles Training nutzen. Pausieren und Ausruhen kam für ihn nicht infrage. Er wollte in seinem neuen Team nicht nur mithalten, sondern zu den Besten gehören. Es ging hier nicht um eine nette Freizeitbeschäftigung, es ging nicht einfach um eine sportliche Betätigung. Jabali sah in seinem neuen Team die Chance, den Sprung zum Profisportler zu schaffen. Diese Chance wollte er nutzen. Um jeden Preis.

Die verbliebenen vier Asse hatten ein Stückchen gemeinsamen Weges nach Hause. Betrübt ließen sie die Köpfe hängen.

»Ich kenne keinen Jabali mehr«, stellte Michael kurz und bündig fest.

Linh knuffte ihn in die Seite. »Du bist ein Dickschädel«, warf sie ihm vor. »Soll Jabali seine Chance ungenutzt verstreichen lassen, nur weil auch Grünheimer in seinem Team mitmachen?«

»Natürlich!« Das war für Michael gar keine Frage.

Linh schüttelte den Kopf. »Ich dachte immer, du träumst davon, später einmal bei den Olympischen Spielen teilzunehmen?«

»Tu ich auch«, bestätigte Michael. »Was hat das damit zu tun?«

»Und du würdest auf deine Olympiateilnahme verzichten, wenn auch ein Grünheimer in der deutschen Delegation wäre?«

Michael stutzte, überlegte einen Augenblick und entschied dann: »Das ist ja wohl was anderes!«

»Das finde ich überhaupt nicht«, stellte Linh klar.

Michael schwieg.

»Aber dass Jabali plötzlich Tabletten in der Tasche hat, ist schon eigenartig«, bemerkte Ilka.

»Vielleicht ist er krank?«, überlegte Lennart. Nur hatte Jabali nichts von einer Krankheit erzählt. Außerdem wussten sie alle: Bei Krankheit pausierte man und trainierte nicht. Das war eine Grundregel für jeden Sportler.

»Das kann doch alles Mögliche gewesen sein«, versuchte Linh, sich die Tabletten zu erklären. »Gegen Heuschnupfen oder so etwas.«

Sie zeigte hinüber auf die gegenüberliegende Straßenseite zu einer Apotheke und fragte Michael: »Weißt du noch, wie die Tabletten hießen?«

Michael überlegte. Er hatte nur kurz auf die Packung geschaut. »Irgendwas mit Regen.«

»Regen?«, staunte Linh. Das konnte sie sich nicht vorstellen.

Trotzdem wollte sie den Versuch wagen. »Ich frag mal. Bin gleich wieder da!«

Und schon rannte sie los.

Michael und Lennart wollten mit. Doch Ilka hielt sie zurück. Sie fand es keine gute Idee, gleich mit einer ganzen Horde in eine Apotheke einzufallen, um eine vernünftige Auskunft zu erhalten.

So gingen sie langsam über die Straße und warteten draußen vor der Apotheke auf Linh, die auch schon bald wieder herauskam. »Ich hab's!«, verkündete sie froh. »Regenzymat forte.«

»Sag ich doch!«, stellte Michael klar. »Regen!«

Linh lachte ihn an. »Das hat mit Sonne und Regen nichts zu tun, sondern steht für Regeneration.« Linh hielt einen Zettel hoch. »Den Beipackzettel hat die Apothekerin mir gegeben. Ich hab gesagt, ich brauche ihn für ein Schulreferat. Also: Das Medikament dient zur Deckung eines erhöhten Magnesiumbedarfs bei Leistungssportlern. Vorbeugung und Linderung von Muskelkrämpfen. Fördert die Entspannung und Regeneration sowie die allgemeine Entspannung bei Stressbelastungen, stellt die Aktivität der Enzyme sicher . . .«

»Von was?«, fragte Michael.

»Ich weiß auch nicht, was das ist«, gab Linh zu.

»Das sind Eiweißmoleküle im Körper, die für den Stoffwechsel wichtig sind«, wusste Ilka. Immerhin wollte sie später einmal Meeresbiologin werden. Ihr Zimmer war jetzt schon überschwemmt mit naturwissenschaftlichen Zeitschriften für Kinder. Sie lachte: »Immerhin wissen wir jetzt, dass Jabali nicht ernsthaft krank ist.«

Auch die anderen waren erleichtert, obwohl sie Jabalis Verhalten nach wie vor seltsam fanden.

»Wie machen wir das denn jetzt mit unserem eigenen Training?«, wechselte Lennart das Thema.

»Zweimal pro Woche schaffe ich«, antwortete Ilka. »Mehr nicht. Ich muss auch noch schwimmen und will in Mathe nicht noch weiter abfallen.«

»Wenn's danach geht, darf ich gar nicht mehr trainieren«, wandte Michael ein. Ihm bereiteten alle Fächer außer Sport und Englisch Schwierigkeiten. »Aber zweimal pro Woche ist auch für mich okay.«

»Damit werden wir aber keine Spitzenzeit beim Radrennen fahren«, warf Lennart ein. »Das muss uns klar sein!«

Michael, Linh und Ilka nickten.

»Aber mehr ist auch bei mir nicht drin«, erklärte Linh. »An erster Stelle steht immer noch mein Judo. Und bald sind auch wieder die Turnmeisterschaften.«

So beschlossen sie gemeinsam, es beim Training zweimal pro Woche zu belassen.

Für Michael war die Diskussion damit beendet. Außerdem hatte er sich am Nachmittag zum Speerwurf verabredet.

Doch Ilka kam noch mal auf Jabali zurück. »Wir sollten mal mit Jabali reden«, schlug sie vor. »Wegen der Pillen und so!«

Michael warf ihr einen finsteren Blick zu.

Linh empfand Ilkas Vorschlag als eine gute Idee.

Lennart zuckte mit den Schultern. Er fand die Idee zwar auch gut, glaubte aber nicht, dass es im Moment viel Sinn hatte, mit Jabali zu sprechen.

Daher beschlossen Ilka und Linh, sich um Jabali zu kümmern.

Was ist los mit Jabali?

Schon am nächsten Tag in der Schule sprachen Ilka und Linh Jabali direkt auf seine Tabletten an. Linh zeigte Jabali den Beipackzettel.

Jabali reagierte sauer. »Was soll das? Wieso spioniert ihr mir nach?«

»Wir spionieren nicht«, stellte Linh klar. »Wir haben uns nur die Antwort geholt, die du uns nicht gibst. Was ist los mit dir? Seit wann brauchst du Tabletten für den Sport?«

»Ich mache jetzt Hochleistungssport, verstehst du?«, verteidigte sich Jabali. »Wir trainieren hart und stehen unter ärztlicher Kontrolle. Da braucht ihr nicht auch noch eure Nase hineinzustecken und alles besser zu wissen!«

Mit diesen Worten hatte Jabali die Mädchen stehen lassen.

Auch in den Folgetagen kam es nicht zu einer Versöhnung zwischen Jabali und den anderen vier

 Assen. Linh, Ilka, Michael und Lennart blieben misstrauisch, sorgten sich um ihren Freund. Jabali aber fühlte sich beobachtet und bevormundet. So ging er seinen Freunden vormittags aus dem Weg und nachmittags war er nie zu Hause. Bei einem der vergeblichen Versuche, Jabali nachmittags aufzusuchen, weil sie hofften, da vielleicht einmal in Ruhe miteinander reden zu können, hatten Linh und Ilka von Jabalis Eltern eine Adresse erfahren, die ihnen aber zunächst nicht weiterhalf. Denn ein Radsportteam besaß kein Vereinsheim und keinen Sportplatz, etwa so wie ein Fußballverein. In der Regel traf das Team sich mit den Rädern auf der Straße. Aber es gab ein Büro für den Trainer. Linh und Ilka suchten diese Adresse auf. In erster Linie hofften sie, Jabali zu treffen, und wenn nicht, so konnten sie vielleicht ein Wort mit seinem Trainer wechseln und ihm erzählen, wie sehr sich Jabali verändert hatte, seit er in dem neuen Team mitfuhr.

Glücklicherweise lag das Büro nicht allzu weit entfernt, sodass die Mädchen es mit ihren Rädern in einer Viertelstunde erreichen konnten. Das Büro hätte natürlich ebenso in Grünheim und damit für die Mädchen unerreichbar sein können.

Wo wohnen eigentlich die anderen aus dem Team, die aus Grünheim oder sonst woher kommen?, fragte sich Ilka und ahnte die Antwort, als sie das Büro erreichten.

Es lag in einem Hinterhof. Auf dem Hof stand das Teamfahrzeug, das unschwer an den Raddachgepäckträgern und der protzigen Aufschrift des Cornflakes-Teams zu erkennen war. Der Wagen stand vor einer offenen Garage, von der wiederum eine Fahrrad-Werkstatt abging, die im Moment aber verschlossen war. Anscheinend war das ganze Gelände verlassen.

Als Ilka den Blick hob, sah sie die Antwort auf ihre Frage. Über der Garage und der Werkstatt führte ein Laubengang entlang, von dem – ähnlich wie Linh es einmal während einer Reise in einem Motel gesehen hatte – einzelne Eingangstüren abgingen. Die anderen Teammitglieder bewohnten hier offenbar einzelne Zimmer oder kleine Appartements.

»Hallo?«, rief Ilka durch den Hof. »Ist hier jemand?«

Niemand antwortete.

»Seltsam!«, fand Linh. Man ließ doch so ein Teamfahrzeug nicht einfach vor einer offenen Garage stehen, wenn niemand da war.

Linh prüfte, ob das Fahrzeug verschlossen war. Zu ihrer Verwunderung konnte sie die Tür öffnen. Neugierig warf sie erst einen Blick in den Van und stieg dann ein.

»Was tust du da?«, fragte Ilka. »Wenn jemand kommt!«

»Schau mal!«, antwortete Linh und winkte Ilka zu sich.

Ilka blieb draußen stehen und sah nur durch die offene Tür hinein.

Linh war bereits in den hinteren Bereich gekrabbelt, aus dem die Hintersitze ausgebaut worden waren. »Das ist eine fahrende Werkstatt und ein Krankenwagen in einem!«

Tatsächlich gab es auf der einen Seite eine Vorrichtung, an der man ein Rad aufhängen konnte, um es an Ort und Stelle zu montieren und zu reparieren. Auf der anderen Seite eine kleine Trage, auf die man einen Verletzten legen oder jemandem auch nur die Beine massieren konnte. Ein entsprechendes Massageöl stand in einer kleinen Schachtel daneben. Der Rest war in fest installierten Schubladen untergebracht.

Linh zog eine nach der anderen auf, sah hinein

und schloss sie wieder. Werkzeuge aller Art, faltbare Reifen, Schläuche, Öle, Fette, Ketten, Zahnräder, alle nur erdenklichen Ersatzteile.

»Hier kann man sich ja ein komplett neues Rad zusammenbauen.« Dann zog sie die Schubladen auf der anderen Seite. Pflaster, Mullbinden ... Sie hielt inne – und grinste.

»Das ist etwas für dich, Ilka«, lachte sie. »Dagegen kannst du dein Notfalltäschchen aber vergessen!«

Ilka hielt nun auch nichts mehr. Sie kletterte in den Van hinein und zog staunend die Schubladen auf der Sanitätsseite. Sie fand Eissprays, Schmerzsprays, Muskelsalben, Jod und auch Spritzen.

»Uuuuh«, schüttelte sich Linh. »Die machen einem ja echt Lust aufs Radfahren!«

Ilka schob die Schublade wieder zu. Und stutzte. Sie zog sie wieder auf, griff in die Schublade und holte ein Tablettenröhrchen hervor. »Schau mal.«

»Und?« Linh wusste nicht, was daran Besonderes sein sollte. Die ganze Wand war doch mit medizinischen Utensilien vollgestopft. Warum keine Tabletten?

»Aber nicht beschriftet«, stellte Ilka fest.

Linh zog achtlos die Schultern hoch. »Der Arzt wird wissen, was es ist.«

»Ach ja?«, widersprach Ilka. »Und auch, wie lange es haltbar ist?«

Nun stutzte auch Linh.

Ilka setzte nach. »Meine Mutter beschriftet jede Kartoffel, die sie einfriert, weil man total schnell vergisst, wann man sie in die Truhe gelegt hat. Und der Arzt glaubt aus dem Gedächtnis zu wissen, in welchem Röhrchen sich welche Tabletten befinden und wie lange sie haltbar sind? Beschriftung ist das A und O jeder Hausapotheke!«

»Ist ja gut«, räumte Linh ein. »Ich glaub's dir ja. Warum meinst du, ist es nicht beschriftet?« Linh sah keinen Sinn darin, die Beschriftung wegzulassen.

Ilka schon: »Es ist nicht notwendig.«

»Wie?«, wunderte sich Linh. Eben hast du noch selbst gesagt, dass ...«

Ilka ließ sie gar nicht ausreden, sondern setzte mit der Erklärung fort: »Man muss nichts beschriften, wenn man es sofort verbraucht.«

Linh stutzte: »Aber was ist es? Dieses Regenerationszeug jedenfalls nicht. Das sah anders aus.«

Ilka wusste darauf keine Antwort, aber sie steckte sich eines der Tablettenröhrchen ein. Dann nickte sie Linh zu. »Komm, jetzt raus hier!«

Kaum hatten Linh und Ilka das Teamfahrzeug verlassen, als plötzlich jemand auf den Hof kam. Er steckte sich gerade ein Handy in die Brusttasche. Offenbar hatte er soeben telefoniert und ging nun auf der Beifahrerseite des Vans vorbei auf die Werkstatt zu. So konnten Linh und Ilka sich wegducken, leise die Fahrertür schließen und unbemerkt abhauen. Runter vom Hof, um die Ecke und nichts wie weg.

Jabali stemmte die schwere Metallplatte mit beiden Füßen kraftvoll von sich. Er hatte sich ordentlich Kilos auf die Beinpresse gelegt und war stolz, dass er ein so hohes Gewicht bewältigen konnte. Er zog die Knie an und ließ auf diese Weise die Metallplatte des Fitnessgerätes langsam zurückkommen, um sie gleich wieder nach vorn zu stemmen.

Dieses Fitness-Center war kein Vergleich zu dem kleinen Kraftraum, den sie in der Schule neben der Sporthalle hatten. Auf 1000 Quadratmetern standen die modernsten Fitness-Geräte. Jan nahm sich

 die Zeit, mit Jabali zu trainieren. Und Jabali fühlte sich mit dieser Rundumbetreuung sehr wohl. Das lief doch alles erheblich professioneller als in seiner Schule. Hier konnte er sein Talent und seine Fähigkeiten endlich einmal richtig nutzen und weiterentwickeln.

Wer hätte gedacht, dass ein so großer Hoffnungsträger als Rennradfahrer in ihm steckte? Voller Stolz und Selbstbewusstsein stemmte Jabali noch mal die Metallplatte.

Nachher gab es wieder eine Teamfahrt, auf die Jabali sich schon sehr freute. Heute würde er Ole zeigen, was eine Harke war. Denn insgeheim hatte Jabali sich ein Ziel gesetzt: Bis zum großen Radrennen wollte er die Position des Kapitäns im Team innehaben.

Am nächsten Nachmittag klingelten Ilka und Linh mal wieder an Jabalis Haustür. Es öffnete Jabalis kleiner Bruder Rasul. Linh kannte ihn gut. Denn immer wenn Jabali von seinen Eltern aufgetragen bekam, auf Rasul aufzupassen, stattete Jabali Linh einen Besuch ab. So konnte Rasul mit Linhs kleiner Schwester Huong spielen und Jabali hatte nicht nur seine Ruhe, sondern konnte auch einen Nachmittag mit Linh verbringen. Leider ging Jabalis Plan nur selten auf, denn Rasul brachte der kleinen Huong bei Weitem nicht die gleiche Sympathie entgegen wie Jabali Linh. Genauer ausgedrückt: Die beiden kleinen Geschwister konnten sich nicht ausstehen und gerieten jedes Mal schon nach kurzer Zeit in einen heftigen Streit.

Entsprechend fiel Rasuls Begrüßung aus, als er Linh vor der Tür sah. Seine Lippen verzogen sich zu einem Flunsch. Seine Augen flatterten ängstlich. Unwillkürlich ging Rasul einen Schritt zurück, senkte den Kopf und drückte die Tür wieder ein Stück zu.

»Keine Angst«, beruhigte Linh ihn sofort. »Meine Schwester ist nicht hier.«

Sogleich hellte sich Rasuls Miene ein wenig auf.

»Wir wollen zu Jabali«, sagte Ilka.

Der Kleine schüttelte den Kopf.

»Ist nicht da?«, fragte Ilka.

Der Kleine schüttelte den Kopf.

»Ist deine Mutter denn da?«

Doch da kam sie schon, begrüßte die Mädchen herzlich und bat sie, in Jabalis Zimmer auf ihn zu warten. Denn Jabali müsse jeden Augenblick zu-

 rück sein. Er machte nur einen kurzen Dauerlauf und wollte dann – sie sah auf die Uhr – um 16 Uhr zum Radtraining.

Auch Linh warf einen Blick auf ihre Uhr. Bis dahin blieben nur noch 20 Minuten Zeit. Sie wechselte einen kurzen Blick mit Ilka. Sie beide hatten sich erhofft, ausführlicher mit Jabali reden zu können. Dennoch nahmen sie die Einladung an, gingen in Jabalis Zimmer und wollten sich irgendwo hinsetzen. Doch es gab keinen Platz.

Auf dem Bett lagen ausgebreitet Jabalis Radtrikot, seine Radhose, der Helm, die Handschuhe, spezielle Radsocken und die Schuhe mit dem Klicksystem. Offenbar wollte Jabali direkt von zu Hause aus mit dem Rennrad zum Training fahren.

»Ich denke, der fährt nicht mit dem Rad durch die Stadt?«, wunderte sich Linh.

»Nicht in die Schule«, präzisierte Ilka. »Zum Training fährt er in die andere Richtung, durch den Park und Nebenstraßen. Außerdem muss er das Rad beim Training nicht abstellen.«

Auf dem Schreibtischstuhl und dem Sitzkissen lag zusammengeknüllte schmutzige Wäsche. Über den ganzen Boden lagen Sachen verstreut: Wäsche, Hefte, Bücher, Taschen, Tüten, Kartons, Seile, Hanteln, Laufschuhe, Straßenschuhe, Turnschuhe, Käppis und sogar Schulhefte.

Wie kann man in so einem Zimmer wohnen?, fragte sich Linh. Vorsichtig versuchte sie, auf dem Sitzkissen etwas Platz zu schaffen, um sich darauf setzen zu können.

Unter dem durchgeschwitzten T-Shirt, das Linh mit zwei Fingern anhob, um es beiseitezulegen, tauchte Jabalis Matheheft auf.

Linh warf einen kurzen Blick hinein. Auf der letzten beschriebenen Seite las sie die Hausaufgaben, die sie schon vor den Osterferien aufgehabt hatten. Linh blätterte weiter, um festzustellen, ob in dem Heft noch Platz war. Es war erst zur Hälfte vollgeschrieben. Linh schaute vorn auf den Umschlag. Unter Jabalis Namen stand »Mathematik« und das richtige Schuljahr. Kein Zweifel, das war Jabalis aktuelles Matheheft.

»Der hat seit den Osterferien nichts mehr mitgeschrieben«, stellte Linh bestürzt fest. Sie legte das Heft auf den überfüllten Schreibtisch und setzte sich auf das Sitzkissen. »Und er hat auch seit Wochen nicht mehr aufgeräumt.«

Ilka lachte. »Vielleicht hat er noch nie aufgeräumt! Du kennst doch die Jungs!«

»Bei Lennart sieht es ordentlicher aus«, korrigierte Linh, ohne auf den Scherz einzugehen.

Nun blickte auch Ilka Linh ernst an. Anschließend schaute sie sich weiter in dem Zimmer um. Nachdenklich sagte sie: »Vielleicht hast du recht. Nichts gegen sportlichen Ehrgeiz. Aber es könnte schon sein, dass Jabali mit dem Radfahren übertreibt. Das hätte ich nie von ihm gedacht. Ausgerechnet Jabali, der doch immer das natürliche Laufen propagiert hat.«

Linh nickte Ilka zu. Dabei entdeckte sie auf dem Boden eine seltsame Packung, die platt getreten neben dem Papierkorb lag. Vermutlich war sie aus dem überquellenden Papierkorb herausgefallen.

Linh hob die zerknüllte Packung auf und wollte sie zurück in den Mülleimer werfen, als sie stutzte. »Was ist das denn?«

Ilka, die gerade dabei war, mit einem Papiertaschentuch ein altes Kaugummi vom Schreibtischstuhl zu entfernen, sah hinüber zu Linh: »Was denn?«

»Schau mal!« Linh hielt ihr die Packung hin. »Schon wieder ein Medikament.«

»Steht darauf, was das ist?«, fragte Ilka nach.

Linh schüttelte den Kopf. »Der Beipackzettel fehlt. Und auf der Packung steht nur der Name: Hyxal. Noch nie gehört. Auf jeden Fall sind es andere als die, die er mit in der Schule hatte, und auch als die, die wir im Van gefunden haben.«

»Wieso tauchen plötzlich überall Tabletten auf?«, fragte sich Ilka.

»Genau das wundert mich auch«, sagte Linh.

»Meinst du, das sind Drogen?«, fragte Ilka. »Vielleicht ist einer der Älteren in seinem Team so drauf. Hört man doch immer wieder, dass die Älteren in Discos solche Pillen nehmen.«

Linh schaute Ilka an. Daran hatte sie noch gar nicht gedacht. »Jabali?«, fragte sie ungläubig. »Das kann ich mir nicht vorstellen. Der ist doch viel zu jung dafür.«

In dem Augenblick aber hörten sie draußen schon Jabalis Stimme.

Linh steckte die zerknüllte Packung schnell in ihre Hosentasche.

Jabali kam zur Tür herein. »Hallo!«, begrüßte er

die beiden. »Meine Mutter hat mir schon gesagt, dass ihr hier seid. Ich hab leider gar keine Zeit.«

Er öffnete seine Schuhe, indem er sich mit durchgestreckten Beinen hinunterbeugte, beide Schnürsenkel gleichzeitig öffnete und hinausschlüpfte. Er zog sich sein Laufshirt über den Kopf und warf es in eine Ecke, wo zwar ein Wäschekorb stand, aber das Shirt segelte daneben. Notdürftig wischte er sich mit einem Handtuch den Schweiß vom Körper und zog sein Radtrikot über.

»Direkt nach einem Lauf Radtraining. Findest du nicht, dass du etwas übertreibst?«, fragte ihn Ilka.

Jabali unterbrach das Umziehen für einen kurzen Moment, lächelte Ilka zu und fragte: »Wolltest du nicht auch für einen Triathlon trainieren? Das Kernstück vom Triathlon ist der Wechsel der Disziplinen.«

Ilka verstummte. Da hatte Jabali natürlich recht.

»Aber umgekehrt«, berichtigte Linh. »Beim Triathlon fährt man erst Rad und läuft dann.«

»Genau!« Ilka freute sich über Linhs Einwand. »Außerdem beginnt man mit Schwimmen. Also: Wann gehen wir schwimmen?«

Jabali wechselte die Socken. »Später«, gab er Ilka

zur Antwort. »Im Moment bereite ich mich auf das Radrennen vor.«

»Jabali«, versuchte Linh, eine ernste Diskussion zu beginnen. »Wie Michael sich dir gegenüber verhält, finde ich recht dumm. Aber ich finde, du hast dich auch ...«

»Was?«, fragte Jabali.

»... verändert«, beendete Linh ihren Satz.

»Könnt ihr mal rausgehen?«, fragte Jabali.

Die Mädchen sahen sich an. Was sollte das denn? War Jabali inzwischen zu so einer Mimose geworden, dass man ihn nicht mal mehr etwas fragen oder seine Meinung sagen durfte?

»Wieso bist du denn jetzt gleich beleidigt?«, fragte Ilka nach.

Jabali ließ ein kurzes Grinsen aufblitzen. »Ich bin nicht beleidigt, aber ...«, sein Blick wanderte zur Radhose, »... ich würde gern die Hose ...«

Linh und Ilka verstanden nicht.

»Unter einer Radhose trägt man nichts«, erklärte Jabali.

Ilka kicherte. »Echt nicht? Ich schon.«

Jabali verzog das Gesicht. Es war nicht das Thema, über das er gern scherzte.

»Schon gut«, lachte Ilka. »Komm.« Sie gab Linh ein Zeichen. »Wir warten draußen.«

»Danke«, sagte Jabali und wartete, bis die Mädchen sein Zimmer verlassen hatten, ehe er sich fertig umzog.

Wenige Minuten später erschien er in vollständiger Radfahrermontur vor der Haustür. Durch die Klicksysteme unter den Schuhen wirkte sein Gang ein wenig eierig, als ob er über glühende Kohlen lief.

»Es tut mir leid«, vertröstete er die Mädchen, »aber ich muss wirklich los.« Er hielt sich am Treppengeländer fest, stakste vorsichtig die Kellertreppe hinunter und erschien kurz darauf mit seinem ultraleichten Carbon-Rennrad über der Schulter wieder oben vor der Haustür.

»Wann hast du denn mal Zeit, Jabali?«, fragte Linh. »Morgen in der Schule?«

»Ja, klar«, antwortete Jabali, stieg mit einem Bein über den Sattel, klickte den Fuß ins Pedal und startete. »Bis morgen dann«, rief er noch.

Linh und Ilka hörten, wie das zweite Pedal einklickte. Im Wiegetritt startete Jabali durch und raste die Straße entlang.

»Sag mal«, überlegte Linh. »Bisher war ihm das Rennradfahren in der Stadt doch immer zu gefährlich, oder?«

»Ja«, bestätigte Ilka. »Entweder ist er sicherer auf dem Rad geworden ...«

»... oder unvorsichtiger«, ergänzte Ilka.

Werbung

Aus »morgen« wurden mehrere Wochen. Bis jetzt hatten die Mädchen es nicht geschafft, mit Jabali zu sprechen. Entweder er hatte gerade Radtraining. Oder war im Kraftraum. Oder er hatte gerade Radtraining. Oder war im Kraftraum. Oder ... Immer das Gleiche. Seine Trainingseinheiten wurden eigentlich nur durch Arztbesuche unterbrochen. Denn das war die dritte Beschäftigung, wegen der Jabali nie Zeit hatte.

Natürlich hatten Linh und Ilka auch nicht die Zeit, rund um die Uhr vor Jabalis Haus herumzulungern. Sie waren schließlich keine Polizeikommissare, die jemanden observierten, sondern selbst junge Sportlerinnen mit vielen Trainingsstunden, Terminen und Verpflichtungen. Ebenso wie Lennart und Michael, die sich aber auch nicht so sehr um einen Kontakt zu Jabali bemühten wie die Mädchen.

Michael war ohnehin nach wie vor sauer auf

Jabali. Und Lennart sagte sich bedauernd: Wer nicht will, der hat schon. Er sah nicht ein, weshalb er Jabali hinterherrennen sollte, wenn der doch offensichtlich nichts von ihnen wissen wollte.

Ganz anders dagegen Ilka. Fast täglich sandte sie Jabali eine SMS, die er entweder gar nicht beantwortete oder eben nur mit Ausflüchten: »Habe Radtraining«. »Muss in den Kraftraum«. »Bin beim Arzt«.

Wieso muss der eigentlich ständig zum Arzt?, fragte sich Ilka und hätte diese Frage endlich gern mal Jabali persönlich gestellt.

Noch immer trug sie die unbekannten Tabletten bei sich, die sie aus dem Teamwagen hatte mitgehen lassen, und wusste nicht so recht, was sie damit anfangen sollte. Vielleicht hätte »die alte Fritz«, die Chemielehrerin Cornelia Friedrich, im Schullabor analysieren können, um was für Tabletten es sich handelte. Aber Ilka wollte keinen großen Skandal anzetteln, bevor sie nicht direkt mit Jabali gesprochen hatten. Obwohl auch ihr die ganze Sache von Tag zu Tag komischer vorkam.

In den vergangenen zwei Wochen waren sie und Linh nicht untätig gewesen. Zweimal hatten sie unbemerkt das Training von Jabalis Team aufge-

 sucht und von fern beobachtet. Aber dabei war ihnen nichts Besonderes aufgefallen. Außer dass der Trainer und die Teambetreuer Jabali und die anderen Teammitglieder wirklich schon fast wie Profis behandelten.

Am Samstag vor Pfingsten zählte Michael das Kleingeld in seiner Hand, während er fast blind durch die Gänge des Supermarkts streifte. Er kannte den Weg und er wusste genau, was er wollte: zwei von diesen leckeren Fitnessriegeln mit Kokosgeschmack. Zielgerichtet steuerte er auf das Regal mit den Riegeln zu und stoppte mitten im Laufen. Ihm war, als hätte er soeben Jabalis Gesicht gesehen.

Michael drehte sich verwundert um. Außer ihm stand niemand im Gang. Michael schüttelte verwirrt den Kopf, wollte gerade weitergehen, als er wieder Jabalis breites Lächeln sah. Michael rieb sich die Augen und schaute ein zweites Mal sehr genau hin. »Das gibt es doch nicht!«, rief er aus. Und nahm die Cornflakes-Packung aus dem Regal, die seine Aufmerksamkeit auf sich gezogen hatte.

Er konnte noch immer nicht glauben, was er da Bunt auf Weiß sah: Jabali grinste ihn von der Cornflakes-Packung aus an. Sein Foto prangte genau neben dem Logo und dem Versprechen, dass diese Cornflakes supergesund seien, für Sportler genau das Richtige, dass sie fit machten und bei keinem Frühstück fehlen durften.

Das mussten seine Freunde sehen! Unbedingt. Er verabschiedete sich innerlich von seinen Lieblingsriegeln und ging stattdessen mit der Cornflakes-Packung zur Kasse und zahlte.

Die gleiche Packung sorgte nicht allzu weit vom Supermarkt entfernt für große Begeisterung. Jabali und sein Team hatten sich zur Trainingsfahrt getroffen. Kurz bevor es losging, holte der Trainer die Packung aus seiner Tasche und zeigte sie den Schülern.

»Habt ihr schon gesehen?«, fragte er. »Die sind ab heute im Verkauf!«

Jabali staunte. Natürlich war er mit den anderen zusammen beim Fototermin gewesen, aber irgendwie hatte er sich trotzdem nicht vorstellen können, eines Tages tatsächlich auf einer Cornflakes-Packung zu erscheinen. Es war ein komisches Gefühl, plötzlich sein eigenes Gesicht dort

zu sehen, wo normalerweise irgendwelche Zeichentrickfiguren herumturnten.

»Cool«, fand Ole.

Auch Sven und die anderen waren hin und weg.

»Ab jetzt seid ihr kleine Stars«, lachte Jan und verteilte an jeden ein Stück Papier. »Eure Schecks!«

Jabali starrte auf das Papier in seiner Hand. »Mein was?« Er hielt wahrhaftig einen Scheck in seiner Hand. Ausgestellt auf seinen Namen. Und in einem Kästchen die Summe: 500 Euro. In Worten: fünfhundert!

»Euer Anteil an der Werbeaktion. Für die Fotos von euch«, erklärte der Trainer. Und fragte grinsend nach: »Hatte ich das nicht erwähnt?«

Nein, das hatte er nicht.

Um Jabali herum brach tosender Jubel aus. Jabali war regungslos vor Staunen. So viel Geld hatte er noch nie besessen. Und nun bekam er es einfach nur, weil er besonders gut Fahrrad fahren konnte. Beziehungsweise noch nicht einmal das. Er fuhr nicht *gut* Rad, sondern lediglich *schnell*.

»Also«, sagte der Trainer. »Fühlt euch nicht nur wie Stars, sondern fahrt auch so. Seid ihr bereit?«

»Ja!«, brüllten alle wie aus einem Mund.

Unfall

Nicht nur Linh und Ilka waren sehr gespannt, Jabali nach den Pfingstferien in der Schule wieder zu treffen. Was würde er dazu sagen, dass er jetzt schon als kleiner Star auf den Cornflakes-Packungen zu sehen war? Wie stand er zu den Fünf Assen? Würde er nach dem großen Rennen zu seinen Freunden zurückkehren?

Über all das und noch viel mehr hätten Linh, Ilka, Lennart und Michael am ersten Schultag nach den Ferien gern mit Jabali gesprochen.

Aber Jabali kam nicht. Stattdessen tauchte Frau Kick mit einer Neuigkeit auf. Die anderen Mitglieder des Cornflakes-Teams, die ja aus ganz Deutschland zusammengekommen waren, würden noch bis zum großen Rennen in der Stadt bleiben und in den Appartements wohnen, die Ilka und Linh ja schon einmal gesehen hatten.

Deshalb war für sie ein Lehrer eingestellt wor-

 den, der die Jungs des Teams vormittags unterrichtete. Nur am Wochenende fuhren die Jungs nach Hause.

Jabali war, obwohl er in dieser Stadt wohnte, angeboten worden, ebenfalls an dem Unterricht teilzunehmen, um bei seinem Team bleiben zu können. Für die Zeit war er von der James-Connolly-Schule befreit. Jabali hatte das Angebot angenommen.

»So ein Blödmann!«, schimpfte Michael. »Wofür hält der sich?«

Ilka war einfach nur sehr traurig. Und sie war überzeugt, dass Michael mit seiner wütenden Reaktion auch nur seine Traurigkeit überspielte, möglicherweise einen Freund verloren zu haben.

Entsprechend betrübt war die Stimmung unter den verbliebenen vier Assen auf dem Nachhauseweg. Aber nicht nur das. Linh machte sich außerdem Vorwürfe. »Wir hätten Jabali in den Ferien aufsuchen sollen!«, sagte sie in die Runde.

Ilka verstand Linhs Vorwurf nicht ganz. Das hatten sie doch getan. Und auch weiterhin versucht. Aber Jabali hatte sich regelrecht abgekapselt.

Linh nickte. Das wusste sie auch.

»Trotzdem«, sagte sie. »Wir hätten hartnäckiger

sein müssen. Was ist mit den Tabletten, die wir bei Jabali und im Van gefunden haben? Um nichts haben wir uns gekümmert!«

»Doch. Wir haben im Internet nachgesehen, was das für Tabletten sind, diese ... was für ein Name war da noch mal eingeprägt?«

»Hyxal!«

»Genau! Wir haben nichts gefunden.« Ilka brach ab. Trotzdem hatte Linh recht, fand sie.

Michael wehrte die Vorwürfe natürlich wieder vehement ab. »Pöh!«, sagte er. »Das ist doch seine Sache! Und wenn er meint, mit den Größeren irgendwelche Partydrogen nehmen zu müssen – dann bitte.«

Aber genau das fand Linh überhaupt nicht. »Er ist unser Freund, oder nicht? Und wenn Jabali nicht merkt, was er da tut, dann müssen wir ihn vielleicht mit der Nase draufstoßen. Das ist doch nicht normal, dass Jabali plötzlich Tabletten schluckt. Ausgerechnet Jabali!«

»Was willst du denn tun?«, fragte Lennart.

»Herausfinden, was das für Tabletten sind, wo die herkommen und ob Jabali die regelmäßig nimmt«, teilte Linh den anderen entschlossen mit.

 »Also los. Auf geht's!«

Die Aufforderung seines Trainers riss Jabali aus seinen Gedanken. Die anderen waren schon unterwegs, und er musste aufpassen, den Anschluss nicht zu verlieren.

»Denkt an den runden Tritt!«, rief der Trainer ihnen zu. »Kleiner Gang, hohe Trittfrequenz. Lockeres Fahren. Grundlage!«

Jabali reihte sich ein. Versuchte, sich zu konzentrieren, wie er es vom Laufen her gewohnt war.

»Nachher legen wir noch ein paar harte Sprints ein. Aber jetzt erst mal ruhig«, rief der Trainer.

Jabali kurbelte und merkte, wie er allmählich seinen Rhythmus fand. Er versuchte, seine Füße bewusst in die Bewegung der Kurbel miteinzubinden. Vorne treten, hinten ziehen, oben schieben. Bei hoher Trittfrequenz fiel es ihm ungleich schwerer als bei einer steilen Anhöhe. Je langsamer man trat, desto besser gelang die korrekte technische Ausführung des runden Tritts. Aber der Trainer forderte den Tritt bei höchster Kurbelaktivität. Und Jabali fand seinen Rhythmus. Er musste sich gar nicht mehr darauf konzentrieren. Der Tritt ging ihm in Fleisch und Blut über, lief automatisch. Jabali wurde eins mit dem Tritt. Er spürte, dass er eigentlich gar nicht mehr *trat*, sondern nun tatsächlich *kurbelte*.

»Sehr gut!«, lobte der Trainer, der sich hatte zurückfallen lassen, um den Tritt zu kontrollieren.

Genau in dem Moment passierte es. Weil Jan neben der Gruppe fuhr, bildeten Kai und Max die Spitze. Max auf der rechten Seite sah das Loch im Asphalt zu spät. Erst im letzten Moment konnte er reagieren und das Hindernis anzeigen, indem er den rechten Arm angewinkelt auf den Rücken legte und mit den Fingern nach links zeigte. Das Zeichen für den Hintermann, nach links auszuweichen.

Torben konnte nur noch reflexartig reagieren, indem er den Lenker herumriss und um das Loch herumsteuerte. Aber es blieb ihm keine Möglichkeit mehr, das warnende Zeichen nach hinten zu Ole durchzugeben. Ole raste ungebremst in das Loch hinein. Das Vorderrad verhakte sich in dem Asphaltspalt, das Hinterrad hob ab und schleuderte Ole kopfüber über den Lenker aus dem Sattel. Er überschlug sich in der Luft mit einem ungewollten Salto und knallte mit einem widerlichen Geräusch in vollem Tempo auf die Straße. Lars, der direkt

hinter Ole gefahren war, zog die Bremshebel zu einer Notbremsung voll an. Sein Rad schlingerte. Er konnte es nicht mehr halten, fiel seitlich um und schlitterte über den Asphalt. Die Carbonräder krachten und schepperten, als Kais Rad in das von Ole hineinknallte. Jabali scherte instinktiv nach links aus. Es gab für ihn keine andere Möglichkeit, weil rechts von ihm Lars über die Straße schredderte. Dennoch war es die falsche Seite zum Ausweichen. Jabali hatte Glück, dass in dem Augenblick kein Auto vorbeifuhr, weder von hinten noch ein entgegenkommendes.

Der Trainer stieß einen Entsetzensschrei aus, Kai schrie vor Schreck und Ole vor Schmerz. Im Bruchteil einer Sekunde lag dort, wo eben noch eine Gruppe hochmotivierter junger Sportler wie ein Uhrwerk leise surrend entlanggeglitten war, nun ein Schrotthaufen teurer Räder mit zwei stöhnenden und jammernden Jugendlichen.

Jan sprang vom Rad ab, lief zuerst zu Ole, um nach ihm zu sehen, während er aber gleichzeitig Lars zurief, wie es ihm gehe.

»Geht schon!«, antwortete ihm Lars mit zittriger Stimme. Ängstlich betrachtete er seine Hautabschürfungen, die sich über das halbe linke Bein und über den Ellbogen des linken Arms erstreckten.

Ole hatte es offenbar schlimmer getroffen. Er lag auf dem Rücken und jammerte nur.

Jan schaute zuerst vorsichtig nach dessen Kopf. Der Helm war komplett verschrammt und in der Mitte gebrochen.

»Oh Scheiße«, jammerte Ole.

Der Trainer atmete tief durch. »Wenigstens ist er bei Bewusstsein. Ohne Helm wäre es da zappenduster gewesen.«

Jabali, der inzwischen wie die anderen ebenfalls von seinem Rad gestiegen war, wusste nicht, zu wem der Trainer dies sagte. Zu Ole? Zu der Gruppe? Zu sich selbst?

Niemand achtete in dieser Sekunde auf so etwas wie Verkehrssicherung. Die Räder lagen quer über die Straße verteilt und die Jungs hatten sich um die beiden verletzten Teammitglieder versammelt.

Jabali merkte es erst, als ein Autofahrer ganz nach links ausscherte und wütend hupend an der Unglücksstelle vorbeiraste, wobei er noch mal extra laut Gas gab.

»Arschloch!«, brüllte Roland ihm hinterher.

Erst der nächste Autofahrer hielt an, betätigte die Warnblinkanlage, stieg aus und fragte, ob er helfen könne.

»Rufen Sie einen Krankenwagen!«, bat ihn Jan, während er bei Ole Erste Hilfe leistete.

Lars war inzwischen wieder aufgestanden. Seine Wunden brannten ihm wie Feuer. Aber darüber hinaus schien nichts passiert zu sein.

Der Autofahrer zog sein Handy, musste sich kurz orientieren, wo genau sie sich eigentlich befanden, und rief dann den Notruf 112.

Wenige Minuten später kamen zwei Krankenwagen mit Blaulicht sowie ein Polizeiwagen. Während Ole und Lars ins nächste Krankenhaus gefahren wurden, musste Jan der Polizei fürs Protokoll eine Menge Fragen beantworten. Vorher rief er aber noch den Mannschaftswagen, damit der die Jungs abholte.

Das Training war beendet.

Durchsuchung

Ilka linste vorsichtig um die Ecke. Der Mannschaftswagen des Cornflakes-Teams, der sonst hier auf dem Hof stand, fehlte. Wahrscheinlich war er mit bei der Ausfahrt, denn um diese Zeit hatte das Cornflakes-Team Training. Mit dem Blick scannte Ilka den Hof und die Gebäude ringsherum ab. Offenbar waren alle, die hier zu tun hatten, mit draußen beim Training. Hier jedenfalls schien niemand zu sein. So wie Ilka gehofft hatte.

Sie gab den anderen, die sich hinter ihr an der Mauer versteckt hielten, ein Zeichen.

Flink schlichen Linh, Ilka und Lennart über den Hof.

Michael blieb draußen und stand Schmiere.

Unten vor der Garage blieben die drei stehen und sahen hinauf zu den Appartements der Jungs.

»Du meinst wirklich, wir können es wagen?«, vergewisserte sich Linh noch mal.

Ilka zog die Schultern hoch. »Mir ist jedenfalls nichts Schlaueres eingefallen. Und euch auch nicht.«

»Es ist total verboten, was wir hier machen«, stellte Lennart zum x-ten Mal fest.

Ilka machte ein mitleidiges Gesicht. »Dann heul doch.«

Lennart winkte ab. »Ich meine ja nur.«

»Es sind acht Appartements«, erinnerte Linh. »Ilka und ich nehmen je drei, du zwei, Lennart.«

Lennart signalisierte seine Bereitschaft.

»Dann los«, forderte Linh. Sie rannte los zur Eingangstür des Treppenhauses rechts von der Garage. Linh zog und drückte an der Tür. »Zu!«

»Was dachtest du denn?«, fragte Lennart. »Das wird uns oben bei den Zimmern genauso gehen. Im Fernsehen machen sie solche Türen immer mit ihren Scheckkarten auf.«

Ilka verzog das Gesicht. »Erstens haben wir keine Scheckkarten. Zweitens: Wüsstest du, wie das funktioniert?«

Lennart schüttelte den Kopf.

»Dort!« Linh zeigte auf das Abflussrohr der Regenrinne, über das man hinauf zu den Appartements klettern konnte.

»Vielleicht hätten wir doch Michael vorschicken sollen«, überlegte Lennart. »Er ist der beste Kletterer.«

Ilka winkte ab. »Das schaffen wir auch.«

Tatsächlich kletterten die drei ohne größere Schwierigkeiten die Regenrinne hinauf und sprangen in den Laubengang.

Doch Lennart behielt recht. Die einzelnen Zimmer waren natürlich auch verschlossen. Aber neben jeder Tür gab es auch ein Fenster nach vorn zum Gang. Manche waren auf Kipp gestellt.

Ähnliche Fenster hatten sie in ihrer Schule, und so wusste Lennart, wie man mit einem dünnen Arm hindurchlangen und den Hebel umlegen konnte, um das Fenster zu öffnen. Ein dünner Arm, wie Linh ihn hatte.

Beim ersten Fenster musste Linh noch einige Male probieren, beim zweiten ging es schon schneller und beim dritten hatte sie den Bogen bereits raus. Fünf der acht Zimmer konnten sie auf diese Weise öffnen.

Dann aber zögerten sie doch einzusteigen.

»Ich komme mir vor wie so ein Einbrecher«, gestand Ilka.

»Bist du ja auch«, bestätigte Linh. »Aber keine Diebin. Das ist der Unterschied! Denn wir sehen uns nur um. Schauen, ob wir Tabletten oder sonst was Verdächtiges finden.«

Das tat auch Lennart. Aber noch draußen. Er blickte zu allen Seiten, ob sie wirklich nicht beobachtet wurden, schaute hinunter zu Michael, der am Hofeingang stand und Wache hielt, ob die Luft rein war. Michael reckte ihm den gestreckten Daumen entgegen.

»Alles okay«, gab Lennart an die Mädchen weiter. »Also los: rein!«

Jeder nahm ein Zimmer.

Linh stieg in das erste. Kaum stand sie mit beiden Füßen in dem Raum, erkannte sie: Das Zimmer war leer. Nicht bewohnt! Aber sie sah ein Etagenbett und das hieß: Die Jungs schliefen in Doppelzimmern.

Linh kletterte gleich wieder aus dem Fenster heraus und traf dort schon auf Ilka und Lennart, die die gleiche Erfahrung gemacht hatten.

»Doppelzimmer!«, rief Lennart bloß.

»Also in die nächsten drei«, sagte Ilka.

»Zwei!«, korrigierte Lennart. »Die letzten beiden haben die Fenster geschlossen. Da kommen wir nicht rein. Bleiben nur noch dieses Zimmer und das da!«

Linh ging zum vierten, Ilka und Lennart zum fünften Zimmer. Bevor Linh in das Zimmer einstieg, schaute sie noch einmal zurück. Das Fenster des ersten Zimmers stand nun sperrangelweit offen.

»Mist!«, ärgerte sie sich. »Jetzt sieht jeder sofort, dass wir hier waren!«

»Falsch!«, korrigierte Lennart. »Jeder sieht, dass JEMAND hier war, nicht WIR!«

Stimmte auch wieder, räumte Linh ein. Und kletterte durchs Fenster ins nächste Zimmer. Hier wurde sie fündig. Zwei Jungs wohnten hier. Ohne Zweifel. Die Ordnung, die hier herrschte beziehungsweise nicht herrschte, ähnelte sehr der in Jabalis Zimmer. Linh fühlte sich ausgesprochen unwohl, als Einbrecherin in fremden Sachen herumzuwühlen. Sie wusste, so etwas tat man nicht. Aber auf anderem Weg sah sie keine Chance, Antworten auf ihre Fragen zu erhalten.

Das Zimmer war äußerst karg eingerichtet. So viel Geld die Teamleitung bei der Trainingsausstattung ausgab, so sehr sparte sie hier. Neben dem Etagenbett gab es einen provisorischen Tisch mit

 zwei Stühlen. Linh stellte sich vor, an so einem ungemütlichen Tisch Hausaufgaben erledigen zu müssen. Unmöglich, fand sie. Pflanzen hatte sie ohnehin nicht erwartet, aber vielleicht doch ein paar nette Möbel. Ein Sofa vielleicht, einen Sessel oder Sitzkissen. Nichts von alledem gab es. Nur noch einen Kleiderschrank. Linh öffnete ihn und fand, was sie befürchtet hatte: einen Berg schmutziger Wäsche. Sonst nichts.

Mitten im Raum lagen zwei große geöffnete Reiserucksäcke, die nur noch halb voll waren. Auch auf den Betten stapelte sich Wäsche, der man nicht ansah, ob sie frisch oder gebraucht war. Linh schüttelte den Kopf. Jungs!, dachte sie. Wie konnte man so wohnen? Das Schlimmste aber war: Um zu finden, was sie suchte, musste sie die Rucksäcke durchforsten.

Linh gab sich einen Ruck und begann mit der Durchsuchung. In der ersten kleinen Außentasche fand sie einen iPod und ein Kartenspiel; in der nächsten einen Kopfhörer und ein Handyaufladekabel; in der nächsten ...

Da! Linh hatte etwas entdeckt. Sie zog ein Tablettenpäckchen hervor und einen Zettel, der zusammengeknüllt in der gleichen Tasche lag. Linh entfaltete ihn und las. Es handelte sich um einen Gesundheitscheck, von dem ja auch Jabali berichtet hatte. Abgestempelt von einem Dr. Thomen, Facharzt für Orthopädie und Sportmedizin.

In dem Moment bemerkte Michael unten an der Hofeinfahrt etwas. Der Mannschafts-Van kam zurück.

»Ach, du Scheiße!«, stieß Michael aus. Er sah auf die Uhr. Der Van war viel zu früh, wenn die Trainingszeiten stimmten, die sie herausgefunden hatten.

Michael sprang auf den Hof, klemmte sich beide Zeigefinger zwischen die Lippen und pfiff laut. Dann schaute er hinauf zu den Zimmern, ob sich dort irgendetwas tat. Doch es blieb ruhig. Ilka, Linh und Lennart hatten seinen Pfiff nicht gehört.

Michael pfiff noch zweimal, dann lief er zurück aus der Toreinfahrt heraus. Der Van kam näher. Gleich würde er da sein. Noch ein schneller Blick hinauf zu den Zimmern. Nichts tat sich.

»Verdammt, sind die taub?«, fluchte Michael. Er schätzte, wie lange der Van wohl brauchen würde, bis er in die Toreinfahrt einfuhr. Wenn er sich beeilte, konnte er es noch schaffen.

Er raste zur Regenrinne, kletterte in vollem Tempo an ihr hoch, sauste über den Laubengang und bollerte gegen die Türen.

»Sie kommen! Raus da! Sie kommen!«

Linh erschrak. Jetzt erst hörte sie Michaels Warnrufe. Sie hastete zum Fenster, schaute hinaus und traf genau auf Michael. »Was ist los?«

Michael zeigte hinunter auf den Hof, in den soeben der Mannschafts-Van einfuhr. »Sie sind zurück!«

»Verflucht!«, schimpfte Linh. »Nichts wie weg hier!«

»Ach!«, sagte Michael verächtlich. »Gut, dass du das auch schon merkst. Aber wohin?«

Jetzt kamen auch Lennart und Ilka angelaufen.

»Sie sind da!«, rief Lennart.

Michael verzog seinen Mund. »Blitzmerker! Sag lieber mal, wie wir hier unbemerkt wegkommen. Wenn wir jetzt runterlaufen, rennen wir denen genau in die Arme!«

Aus dem Van stiegen die Jungs schon aus. Zum Glück schaute gerade niemand hinauf zu den Zimmern.

»Wenn es nach unten nicht geht, dann nach oben!« Ilka zeigte hinauf aufs Dach.

Jabali wird Kapitän

Kaum trat Jabali zu Hause aus der Dusche, da klingelte sein Handy. Jan war dran und teilte ihm die neuesten Informationen mit: Lars ging es gut. Er war tatsächlich mit ein paar Hautabschürfungen davongekommen, die im Krankenhaus behandelt worden waren. Er würde noch heute nach Hause dürfen.

Bei Ole sah es schlimmer aus. Er hatte einen Schlüsselbeinbruch erlitten. Zwar musste auch er nicht operiert werden, aber für die nächsten zwei, drei Monate konnte er das Radfahren vergessen und fiel damit für das große Rennen aus, auf das sie alle hintrainierten.

Jabali hörte sich die Neuigkeiten mit gemischten Gefühlen an. Es fiel ihm ein Stein vom Herzen, dass Lars nichts Schlimmeres passiert war. Andererseits tat es ihm für Ole unendlich leid. Er mochte Ole nicht, hielt ihn für ein Großmaul und einen Ange-

 ber. Dennoch konnte er nachvollziehen, was es bedeutete, das Rennen, für das man über Wochen und Monate trainiert hatte, nicht mitfahren zu können. Woran Jabali während des Telefonats nicht für eine Sekunde dachte, war das, was sein Trainer ihm nun mitteilte: »Tja«, begann Jan, und Jabali vermutete, er wollte das Gespräch nun beenden und auflegen. »Damit steht fest, dass wir einen neuen Kapitän brauchen. Und da dachte ich an dich.«

Im ersten Moment nickte Jabali beiläufig Zustimmung, weil er gar nicht so schnell begriffen hatte, was sein Trainer da gerade gesagt hatte. Doch dann lief es ihm plötzlich eiskalt den Rücken hinunter. WAS hatte Jan da gerade vorgeschlagen?

»Jabali?«, rief Jan durch die Leitung. »Bist du noch dran?«

»Ja«, stotterte Jabali. »Nein. Äh ... Was? Sie meinen ...? Ich ... soll ...?«

»Ja, wieso nicht?«, fragte sein Trainer.

Jabali wiederholte die Frage stumm in seinem Kopf: Ja, wieso eigentlich nicht? Das hatte er sich schließlich immer gewünscht. Aber natürlich hatte er sich dabei nicht vorgestellt, dieses Ziel so schnell zu erreichen. Und erst recht hatte er sich nicht vorgestellt, das Ziel unter solchen Bedingungen zu erreichen.

»Lass es dir durch den Kopf gehen«, sagte der Trainer. »Wir können ja morgen drüber reden. Beim Training.«

»Ja«, antwortete Jabali nur und legte auf. Er konnte es noch immer nicht glauben. Er war Kapitän des Cornflakes-Teams.

Jabali ahnte nicht, dass sich seine Freunde in diesem Moment ganz in der Nähe seines Trainers aufhielten. Während Jabali noch gar nicht fassen konnte, was ihm soeben mitgeteilt worden war, lagen Linh, Ilka, Lennart und Michael immer noch oben auf dem Dach der Appartements und überlegten, wie sie von hier unbemerkt verschwinden konnten. Michael deutete nach hinten. Die anderen begriffen. Michael schlug vor, auf der Rückseite des Gebäudes vom Dach hinunterzuklettern. Allerdings wussten sie nicht, was sie dort erwartete. Aber nach vorn zu entkommen war aussichtslos. Die Jungs hatten sofort bemerkt, dass eingebrochen worden war. Lautstark schimpften und fluchten sie und durchsuchten ihre Sachen, um festzustellen,

 was ihnen gestohlen worden war. Auch nach über einer Stunde liefen sie noch aufgeregt von Zimmer zu Zimmer. Daher nun der Vorschlag, über die andere Seite zu verschwinden.

Michael machte es vor. Langsam rutschte er bäuchlings rückwärts.

Linh bemerkte sofort, wie laut das Herumgerutsche auf dem Dach war. Das mussten die dort unten einfach hören, befürchtete sie. Aber sie hatten keine andere Wahl, außer schnell genug zu sein.

»Beeilung!«, zischte sie den anderen zu.

Schon hörte sie jemanden rufen: »Was ist das für ein Geräusch?«

Michael, Lennart, Linh und Ilka erstarrten. Warteten.

Auch unter ihnen wurde es ruhig. Dann: »Ich höre nichts!«, behauptete jemand.

Entwarnung.

Die vier Asse rutschten weiter. Plötzlich baumelten Michaels Füße frei in der Luft. Das Ende des Dachs war erreicht.

Michael drehte sich um und sah hinunter in den Nachbarhof, der voller kaputter Autos stand. Ganz offenbar der Hof eines kleinen Schrotthändlers. Hier schien niemand zu sein. Wahrscheinlich schon Feierabend. »Ich gehe vor!«, flüsterte Michael.

Lennart nickte ihm zu.

Mit einem Mal hörte Linh jemanden rufen: »Ich glaube, da ist jemand auf dem Dach!«

»Die Diebe vielleicht!«

»Los, die schnappen wir uns!«

Linh zuckte zusammen. »Wir müssen weg hier. Aber sofort!«

Michael hatte die Dachrinne ausfindig gemacht und rutschte gerade an ihr herunter.

»Los, los!«, drängte Linh. »Wir können nicht warten. Wir müssen hinterher!«

Sie folgte Michael als Zweite. Unmittelbar darauf kamen Lennart und Ilka.

Kaum war sie unten, wurden sie von wütendem Bellen empfangen.

»Ein Wachhund!«, kreischte Michael. »Wieder hoch!«

»Geht nicht!«, stellte Linh klar.

Dieser Augenblick des Zögerns genügte schon. Um die Ecke eines alten Schuppens kam plötzlich ein großer schwarzer Dobermann geschossen.

»Ach, du Scheiße!« Michael schickte ein letztes Gebet zum Himmel. Er sah sich schon in Stücke zerfleischt am Boden.

Doch Ilka schob ihn beiseite und ging forsch auf den Hund zu. »Sitz!«, brüllte sie dem Hund in scharfem Ton zu.

Der Hund bremste ab, stutzte, wurde seinerseits unsicher. Aber nur ein bisschen. Er fletschte die Zähne, knurrte und bellte Ilka böse an. Sich zu setzen, daran dachte er nicht im Traum. Aber immerhin war er stehen geblieben. Doch die Kinder mussten an ihm vorbei, wenn sie den Hof verlassen wollten. Übers Dach würden jeden Moment die Jungs aus dem Cornflakes-Team kommen.

»Du bist ein braver Hund«, lobte Ilka den Dobermann.

»Das finde ich überhaupt nicht«, flüsterte Michael den anderen zu.

»Scht!«, machte Linh. »Ilka weiß mit Tieren umzugehen. Vertrau ihr.«

»Ja«, flüsterte Michael zurück. »Wenn es ein Seehund wäre, es ist aber ein Wachhund.«

Ilka traute sich weiter auf den Hund zu. »Kennst du mich denn nicht?«, fragte sie den Dobermann.

»Ihr kennt euch?«, fragte Michael verblüfft.

»Nein«, gab Ilka zu. »Aber ich kann ja erst mal so tun.«

Der Dobermann blieb misstrauisch.

Ilka ging weiter einen Schritt auf ihn zu. Linh folgte ihr, um ihr gegebenenfalls beistehen zu können. Die beiden Jungs blieben zurück.

Ilka streckte langsam die Hand aus. »Jaaaa«, sagte sie in beruhigendem Ton. »Bist ein gaaaaaanz Lieber.«

In dem Augenblick machte der Hund einen Satz nach vorn und schnappte zu.

Ilka konnte gerade noch die Hand fortziehen, machte einen Ausfallschritt zurück, stolperte und fiel rücklings hin. Der Hund setzte nach. Geistesgegenwärtig sprang Linh in einer blitzartigen Bewegung vor und setzte zu einem Schlag an, den sie im Kampfsport gelernt und trainiert hatte. Ansatzlos schoss ihre flache Hand nach vorn und verpasste dem Hund einen kurzen, trockenen Schlag auf die Schnauze.

Der Hund jaulte erbärmlich auf, drehte ab und rannte davon.

»Wow!«, staunte Lennart.

»Der arme Hund«, bedauerte Ilka, stand auf und putzte notdürftig ihre Hose sauber.

Michael sah sie an und kräuselte die Stirn. »Der arme Hund? Tickst du nicht richtig? Der hätte uns fast gekillt!«

»Wir müssen weg!«, gab Linh das Kommando.

Alle vier rannten vom Hof, so schnell sie konnten.

Wenig später fanden sie sich bei Linh zu Hause ein.

»Habt ihr was gefunden?«, fragte Michael.

Linh nickte. Lennart und Ilka ebenso.

Jeder hatte in den Rucksäcken der Jungs Medikamente gefunden. Alle das gleiche. Das, was sie auch bei Jabali im Zimmer gefunden hatten. Und bei einem lag der Beipackzettel noch dabei. Es war ein Medikament gegen Asthma.

»Tabletten gegen Asthma?«, wiederholte Michael erstaunt. »Asthma? Jabali?«

»Eben«, bestätigte Ilka. »Weißt du, was Asthma ist? Eine Erkrankung der Atemwege. Man bekommt nur sehr schwer Luft. Im schlimmsten Fall kann man sogar ersticken, weil die Atemwege einfach dicht sind.«

Linh begriff es nicht: »Keine Luft? Unser Jabali? Das Konditionswunder? Der nie aus der Puste ist, egal wie lange er läuft? Der soll Asthma haben?«

»Und alle anderen auch?«, fügte Lennart an. »Die haben doch kein Team aus asthmakranken Kindern gebildet!«

»Natürlich nicht«, stellte Ilka klar. »Es handelt sich eindeutig um Doping!«

»Do-Do-Do-Doping?« Michael hauchte es mehr, als dass er es sagte. »Doping bei Kindern?«

Lennart zog die Schultern hoch und wiegte den Kopf hin und her. »Das ist es ja. Es ist eben kein Doping. Wenn man asthmakrank ist, darf man es nehmen.«

»Dann muss man es sogar nehmen«, ergänzte Ilka.

»Was denn nun?« Michael konnte wieder nicht folgen.

Lennart erklärte es ihm: »Alles, was du brauchst, ist eine Bescheinigung, dass du asthmakrank bist. Schon ist es kein Doping, sondern legal.«

»Und was bringt das?«, fragte Michael.

»Bessere Atmung. Bessere Sauerstoffversorgung durch mehr rote Blutkörperchen. Damit mehr Leis-

 tung. Mehr Ausdauer«, erläuterte Ilka. Sie hatte das mal in einer ihrer Zeitschriften gelesen.

»Mehr Ausdauer? Bei Jabali?«, quiekte Michael auf. »Der hat doch schon Ausdauer wie 'ne Brieftaube!«

Lennart nickte. »Aber jetzt macht er Hochleistungssport. Er soll schon jetzt langfristig als Profi aufgebaut werden. Da schrecken die wohl vor nichts zurück.«

Ilka, Linh und Michael sahen sich betroffen an.

»Klarer Fall«, entschied Lennart. Und um seine Worte zu unterstreichen, erhob er sich von seinem Sitzkissen in Linhs Zimmer. »Wir müssen etwas unternehmen. Und zwar sofort.«

Zwischenfall

Jabali fühlte sich mächtig stark. Die Entscheidung, Kapitän des Teams zu sein, beflügelte seinen Trainingseifer noch mehr. Zum ersten Mal hatte er seinen neuen Platz in der Team-Formation eingenommen und rief den anderen zu: »Los, lasst uns mal Stoff geben.« Jabali war selbst überrascht, wie gut das funktionierte. Sofort zogen seine Teamkollegen das Tempo an.

Sein Trainer lachte ihm zu. »Richtig so. Tut mal so, als ob ihr dem Feld davonfahrt. Macht einen Ausreißversuch.«

Kai und Max gingen aus ihren Sätteln und düsten los. Roland und Torben konnten in deren Windschatten natürlich mühelos mithalten. Noch leichter fiel es Jabali, weil er den Windschatten von vier Fahrern vor ihm genoss. Er spürte, wie ihm das Adrenalin in die Adern schoss. Ein Glücksgefühl machte sich in ihm breit. Ein Geschwindigkeits-

 rausch, den er beim Laufen nie gespürt hatte. Das Rad flog nur so über den Asphalt, der kühle Fahrtwind umwehte seine Nase. Mit jeder Tretbewegung spürte er, wie er das Rad vorantrieb und wie umgekehrt das Rad ihn zum schnelleren und stärkeren Treten einlud. Immer schneller, immer schneller.

»Wanderboje!«, brüllte Kai, so laut er konnte, und machte das Handzeichen für »links ausscheren und überholen«. Alle hinter ihm verstanden. Ein Spaziergänger kam ihnen entgegen. Das Team drosselte die Geschwindigkeit etwas, fuhr um die »Wanderboje« herum und erhöhte das Tempo erneut mit einem knackigen Zwischensprint, den Jabali mühelos mitgehen konnte.

Doch dann plötzlich wurde ihm für einen Moment schwarz vor Augen. Jabali erschrak. Setzte sich zurück auf den Sattel. Atmete tief durch. Und begriff, dass er das Rad instinktiv gerade gehalten hatte. Pures Glück. Genauso gut hätte er seinen Lenker verreißen und wie Ole böse stürzen können. Jabali fiel zurück. 20 Meter schon zwischen ihm und Kai und Max vor ihm. Lars hinter ihm musste abbremsen.

»Kürzer!«, rief Sven nach vorn, was so viel hieß wie: langsamer fahren.

»Was ist los?«, fragte der Trainer besorgt.

Die anderen schauten ihn nur verständnislos an.

»Wir sind doch noch gar nicht richtig durchgestartet«, wunderte sich Roland.

»Der kommt nie an Ole ran«, hörte Jabali Svens Stimme von irgendwo.

Jabali taumelte noch immer etwas. Was war mit seinem Kreislauf los? Das kannte er gar nicht. Selbst bei den anstrengendsten Läufen war ihm so etwas noch nie passiert.

»Alles klar?«, fragte Jan.

Jabali nickte, nahm einen tiefen Schluck aus seiner Wasserflasche. Ein klein wenig wurde ihm besser. Dennoch saß der Schock tief.

»Kreislaufprobleme. So etwas kommt vor in deinem Alter«, versuchte der Trainer, ihn zu beruhigen.

Jabali nickte wieder nur, trank erneut einen Schluck Wasser, was den Trainer auf eine neue Idee brachte.

»Vielleicht nur zu wenig getrunken«, vermutete er. Und wandte sich gleich an alle: »Denkt dran,

 Jungs. Immer genügend trinken. Das ist wichtig. Ab einer bestimmten Kilometerzahl auch genügend essen.«

Die Jungs nickten. Einige zogen daraufhin sofort einen Energieriegel aus der Rückentasche ihres Trikots und nahmen einen ordentlichen Schluck aus ihren Wasserflaschen.

»Geht's wieder?«, fragte der Trainer Jabali.

Jabali nickte. »Klar!«

Aber es entsprach nicht der Wahrheit. Jabali fühlte sich alles andere als gut. Noch immer war ihm leicht duselig im Kopf. Aber er hatte deutlich gehört, wie andere Teammitglieder schon gelästert hatten. »Der kommt nie an Ole heran.« Hatte Sven das nicht gesagt? Von wegen. Er würde es ihnen zeigen. Jabali hatte sich zum Ziel gesetzt, Kapitän des Teams zu werden. Und jetzt, da er es war, wollte er zeigen, dass er die Position zu Recht innehatte. Er fuhr in einem Team, das langfristig und systematisch zum Profiteam aufgebaut werden sollte. Das war seine Chance, ein Profisportler zu werden. Das, was Jabali sich schon immer erträumt hatte. So eine Chance bekam man kein zweites Mal im Leben. Er durfte jetzt nicht schlappmachen. Unter keinen Umständen. Durchhalten. Auch mal eine kleine Schwächephase überwinden.

»Alles in Ordnung«, verkündete Jabali. »Wir können weiter.«

Trotz aller Sorgen durften die verbliebenen vier Asse ihr eigenes Training nicht vernachlässigen. Immerhin waren ja auch sie für das große Radrennen angemeldet. Eine Ausfahrt mit dem Team stand deshalb heute auf dem Stundenplan. Außerdem hofften sie, dass das Training ihnen eine gute Idee bescherte, was sie nun unternehmen sollten.

Mit Jessica lief es mittlerweile richtig gut. Mehr und mehr bildeten die fünf ein Team, in dem sich einer auf den anderen verlassen konnte, niemand zurückgelassen wurde und in dem das Vertrauen untereinander mittlerweile so hoch war, dass sie mit nur wenigen Zentimetern Abstand zueinander fuhren.

»Wirklich spitze!«, lobte Frau Kick erneut. »Als Team habt ihr eine echte Chance, wenn ihr im Rennen auch so harmoniert wie im Training.«

In dem Moment klingelte ihr Handy.

Frau Kick nahm das Gespräch an. Schnell wurde

 ihr Gesicht ernst. »Gut«, sagte sie. »Kein Problem. Dann richten Sie ihm gute Besserung aus. Ja, danke. Mache ich. Auf Wiederhören.«

Gebannt sahen die Kinder ihre Lehrerin an. Jeder spürte, dass da irgendwas passiert war.

Frau Kick schaute alle fünf ernst an. »Jabali hatte einen Kreislaufkollaps. Er ist vom Rad gefallen. Und liegt jetzt zu Hause.«

Linh, Ilka, Lennart und Michael reagierten geschockt.

Natürlich wollten sie sofort zu Jabali, um zu sehen, was mit ihm war und wie es ihm erging.

Doch Frau Kick mahnte sie, noch zu warten. »Das Erste, was Jabali jetzt braucht, ist ein wenig Ruhe«, sagte sie. »Auch wenn es schwerfällt.«

Und ob es schwerfiel! Denn allen vieren war klar, es ging nicht nur um Jabalis aktuellen Gesundheitszustand. Es ging auch darum zu beweisen, was die in dem Cornflakes-Team mit den Kindern anstellten, und herauszubekommen, wer hinter all dem steckte.

»Jabali war noch nie krank. Der ist das reine Ausdauerwunder«, sagte Ilka, als die vier vor den Umkleidekabinen der Schule frisch geduscht und umgezogen zusammenstanden. »Und jetzt soll er plötzlich Asthma haben und klappt mit einem Kreiskaufkollaps zusammen. Mann, wir müssen ihn da rausholen!«

Die anderen nickten eifrig.

»Stimmt«, fand auch Lennart. »Aber wie? Jabali selbst will ja offenbar von uns nichts wissen und macht den ganzen Mist mit.«

»Eines ist klar«, stellte Linh fest. »Nämlich dass nicht nur Jabali, sondern alle im Team die Tabletten bekommen. Vermutlich weiß Jabali davon gar nichts. Und vielleicht weiß er nicht mal, was er da nimmt.«

Ein gutes Argument, räumte Ilka ein. Nur, wenn sie Jabali erzählten, woher sie ihr Wissen hatten, konnte er ebenso sauer reagieren.

»Deshalb brauchen wir einen Beweis für die systematische Verführung zum Doping«, schlug Linh vor.

»Und wie?«, fragte Michael.

Linh überlegte laut: »Wir müssen in die Höhle des Löwen. Vielleicht finden wir den Arzt? Auf dem Gesundheitscheck, den ich gefunden habe, stand eine Adresse: Leuenstraße oder Luwenstraße oder

 so. Der Stempel war verwischt ... Kennt ihr so eine?«

»Hast du doch eben selbst gesagt«, behauptete Ilka.

Linh verstand nicht.

»In die Höhle des Löwen. Es gibt eine Löwenstraße. Und ratet mal, wer in der Löwenstraße sitzt.«

»Wer?«, wollte Michael wissen.

»Die Zentrale der Cornflakes-Firma!«

»Puh!«, stieß Michael aus. »Wie sollen wir da denn hineinkommen?«

Linh hatte schon eine Idee. Sie lächelte Michael verschmitzt an. »Macht nicht Jessica seit Neuestem in der Schulzeitung mit?«

Linhs Entdeckung

Die Zentrale der Cornflakes-Firma hatte Michael sich größer vorgestellt. Eher als einen gigantischen Glas-Stahlbeton-Bau. Jetzt aber standen sie vor einem sehr alten Fabrikgebäude aus rotem Backstein. Zu dem Gebäude führte eine Einfahrt mit einer Schranke. Daneben ein kleines Häuschen mit großen Glasfenstern, in dem der Pförtner die Kinder schon erwartete.

»Na, ihr seid aber eine große Gruppe«, wunderte er sich. »Alle von der einen Schulzeitung?«

Jessica nickte, setzte ihr verzücktes Prinzessinnen-Lächeln auf, schob ihren Schulzeitungs-Ausweis durch die kleine Klappe in der Glasscheibe und erklärte: »Ein Fotograf, zwei Redakteure und ein Praktikant.« Mit einer Kopfbewegung deutete sie auf Michael.

»Praktikant?«, fragte der Pförtner erstaunt. »Jetzt gibt es bei Schulzeitungen schon Praktikanten?«

Jessica nickte.

Der Pförtner schüttelte den Kopf und erklärte Jessica den weiteren Weg. Jessica bedankte sich überaus freundlich, gab den anderen ein Zeichen und machte sich auf den Weg, den der Pförtner ihr beschrieben hatte.

»Praktikant?«, empörte sich Michael, nachdem sie weit genug vom Pförtner entfernt waren. »Tickst du nicht mehr richtig? Wie kommst du denn auf Praktikant?«

Jessica blieb stehen. »Zwei Redakteure, ein Fotograf und ein Praktikant«, zählte sie für Michael an den Fingern ab. »Sind vier!«

»Ja und?«, fragte Michael.

Jessica grinste ihn an. »Wir sind fünf. Aber der Pförtner war so über den Praktikanten erstaunt, dass er das gar nicht bemerkt hat.«

Michael stand der Mund offen. Jessica ging weiter. Ilka, Linh und Lennart folgten ihr lachend. Das Raffinierte an Jessicas Trick war, dass auch nur vier der fünf als Besucher registriert waren. Gingen jetzt vier für das Interview in den Besprechungsraum, konnte einer von ihnen sich ungehindert umsehen, ohne dass seine Abwesenheit auffiel.

»Genial«, gab Michael zu. »Die Idee hätte glatt von mir sein können.«

Lennart stieß einen lauten Lacher aus.

Die Wahl, wer von ihnen sich heimlich umsehen sollte, fiel einstimmig auf Linh. Die kleine, gelenkige, flinke Kämpferin Linh besaß etwas Katzenhaftes. Alle konnten sich gut vorstellen, wie Linh durch die Büros schlich, ohne dass jemand etwas davon mitbekommen würde.

»Ich sag ja immer, Linh wäre auch eine hervorragende Ninja-Kämpferin«, drückte Michael seine Bewunderung aus.

»Das hast du noch nie gesagt«, stellte Lennart klar.

Michael zuckte mit den Schultern. »Dann sag ich's eben jetzt.«

»Bevor ihr euch länger streitet«, schlichtete Linh mal wieder, »ich bin viel lieber eine Judo- als eine Ninja-Kämpferin.«

Endlich waren sie in dem Besprechungsraum angekommen, den der Pförtner ihnen genannt hatte. Raum 666.

»Auweia«, fiel Ilka auf. »Dreimal die Sechs ist das Zeichen des Teufels. Hoffentlich geht alles gut.«

Zwar war keiner von ihnen wirklich abergläubisch. Aber nun betraten sie doch mit sehr gemischten Gefühlen den Besprechungsraum, während Linh allein den langen, leeren, kahlen Gang entlanglief. Neben den Türen in dem langen Flur waren lauter kleine Schildchen angebracht, auf denen die Nummern der Räume und die Namen der betreffenden Personen vermerkt waren, die in den Räumen arbeiteten. Die Räume 666, 665 und 664 waren Sitzungsräume. Dann kamen Toiletten, in die Linh schnell verschwand, als Frau Wind von der Presseabteilung plötzlich um die Ecke und ihr entgegenkam. Vermutlich war sie auf dem Weg zu den anderen für das Interview. Linh blieb innen hinter der Toilettentür stehen und wartete ein wenig ab. Erst als sie nichts mehr hörte, öffnete sie die Tür einen Spalt, vergewisserte sich, dass die Luft rein war, und lief weiter. Es folgten ein Raum mit Kopierern, eine kleine Teeküche, dann zwei leere Büros und schon war der Gang zu Ende.

Auch wenn Michael sich den Betrieb erheblich größer vorgestellt hatte, war er keineswegs klein. Hier konnte sie wochenlang suchen, dachte Linh, bis sie auf eine interessante Information stoßen würde. Gerade wollte sie schon umkehren, als ihr etwas ins Auge sprang: ein Schild, das auf einen Sanitätsraum hinwies – oder einen Arzt! Dort, wo Tabletten herkommen, ist man beim Arzt vielleicht nicht falsch, dachte Linh und folgte dem Wegweiser. Schon nach kurzer Zeit kam sie ans Ziel. An einer Tür las Linh das Schild: *Betriebsarzt.* Was nicht weiter verwunderlich gewesen wäre. Jeder größere Betrieb hatte einen Betriebsarzt. Linh stutzte wegen des Namens: Dr. Thomen. Derselbe Name, der auf dem Gesundheitscheck, den sie in den Appartements gefunden hatte, stand.

Sofort schlug Linhs Herz höher. Sie spürte, auf der richtigen Spur zu sein.

Linh sah sich nach beiden Seiten um, atmete einmal tief durch, betätigte dann die Türklinke. Die Tür war nicht abgeschlossen. Sie schob die Tür einen kleinen Spalt weit auf, klopfte vorsichtshalber noch mal, wartete ab. Niemand meldete sich. Linh steckte den Kopf ins Zimmer. Es war niemand da. Schnell huschte Linh hinein und schloss die Tür hinter sich. Sie stand in einer Arztpraxis. Linh blieb in der Mitte des Raumes stehen und überlegte, ob sie nicht lieber so schnell wie möglich wieder ver-

 schwinden sollte. Aber sie war ja gekommen, um etwas herauszufinden. Also musste sie ihre Angst, erwischt zu werden, überwinden und mit der Suche beginnen.

Hinter dem Schreibtisch erkannte sie einen Aktenschrank. Linh zog die Schublade auf, in der Hunderte Hängeordner zum Vorschein kamen, die alphabetisch geordnet waren. Und Linh ahnte auch, worum es sich handelte: Das waren die Krankenakten aller Mitarbeiter der Cornflakes-Fabrik. Darin herumzustöbern war strengstens verboten.

Linh atmete einmal tief durch. Und blätterte die einzelnen Ordner durch, wobei sie gezielt nach Jabalis Namen suchte. Tatsächlich fand sie seine Akte! Sie zog sie aus dem Schrank, wollte sie aufschlagen und hineinsehen. Da bewegte sich die Türklinke!

Linh rutschte das Herz in die Hose. Sie hatte sich keine Gedanken gemacht, wo sie sich verstecken könnte, wenn jemand kam. Jetzt war es zu spät. Ihr fiel nicht mehr ein, als sich schnell unter dem Schreibtisch zu verkriechen, obwohl sie wusste, wie sinnlos dieses Versteck war. Hier würde man sie sofort entdecken.

Die Tür öffnete sich.

Linh hielt den Atem an. Sie sah einen Mann, offenbar den Arzt, der auf der Türschwelle stehen blieb und sich mit jemandem im Flur unterhielt.

Jetzt war alles aus.

»Na gut«, sagte der Arzt. »Ich schau mir das kurz an.«

Er ging zurück auf den Flur, zog die Tür hinter sich zu. Und Linh hörte Schritte, die sich entfernten. Sie atmete tief aus. »Oh Mann!«, stöhnte sie leise. Das war gerade noch mal gut gegangen.

Ausstieg

Jabali ging es schon wieder deutlich besser. Er konnte sich selbst nicht erklären, wieso ihm so plötzlich schwarz vor Augen geworden war. Natürlich war seine Mutter sehr besorgt und wollte Jabali gleich am nächsten Tag zum Arzt schicken. Doch Jabali winkte ab. Schließlich befand er sich in bester ärztlicher Betreuung. Das ganze Team stand unter Aufsicht des Sportarztes. Das war allemal besser, als zum Hausarzt zu gehen, argumentierte Jabali. Und seine Mutter ließ sich überzeugen. Allerdings bestand sie darauf, dass Jabali sich sofort von ihm untersuchen ließ. Jabali versprach es.

Sein Sportarzt bestätigte ihm den Verdacht, den schon sein Trainer geäußert hatte. »Du kommst langsam in die Pubertät«, erklärte er Jabali. »Dein ganzer Körper stellt sich um. Da sind solche Kreislaufschwächen hin und wieder ganz normal.«

Der Arzt verschrieb Jabali ein Vitaminpräparat

und konnte ihm guten Gewissens mitteilen, dass er ohne Bedenken weiter trainieren konnte.

Jabali fiel ein Stein vom Herzen. Denn bis zum großen Rennen waren es nur noch zwei Wochen. Das hätte ihm gerade noch gefehlt, wenn er jetzt wegen Krankheit ausgefallen wäre.

Bestgelaunt kehrte Jabali nach Hause zurück, um sein Rennrad zu holen und zum Training zu fahren. Wie immer ging er in sein Zimmer, zog sich um und lief wenige Minuten später in kompletter Rennfahrer-Montur in den Keller, um sein Rad zu holen.

Er schloss den Keller auf, zog sein Rad zu sich heran und stutzte. Das Rad rollte nicht. Es blockierte.

»Was ist das denn?«, ärgerte sich Jabali. In seinem verschlossenen Keller hatte er das Rad nie extra gesichert. Es konnte nur seine Mutter gewesen sein, die das Rad zusätzlich abgeschlossen hatte. Vermutlich weil es so sündhaft teuer war. Aber warum hatte sie ihm nichts davon erzählt? Und wo befand sich der Schlüssel für das Schloss? Er würde noch zu spät zum Training kommen! Jabali verschloss die Kellertür wieder gewissenhaft

 und klackerte auf seinen Klicksystemschuhen hinauf zur Wohnung zurück. Im Treppenhaus stand ihm auf einmal Michael gegenüber.

Verblüfft blieb Jabali stehen. Einerseits freute ihn der Besuch von Michael. Schließlich war der es, der ihn am meisten wegen des Wechsels ins »Profiteam« verurteilt hatte. Wenn Michael jetzt zu ihm kam, dann vermutlich, um sich zu entschuldigen und sich wieder mit Jabali zu versöhnen. Aber andererseits hatte Jabali im Moment überhaupt keine Zeit. Im Gegenteil, er musste sich beeilen und schnell den Schlüssel für das Schloss finden, wenn er nicht zu spät zum Training erscheinen wollte.

Doch Jabali hatte sich gründlich getäuscht. Michael baute sich vor ihm auf und fragte: »Du willst doch nicht etwa wieder zum Training von deiner Gurkentruppe?« Dabei grinste er Jabali provozierend an und schleuderte etwas an einem Band um seinen Zeigefinger herum. Erst auf den zweiten Blick erkannte Jabali, dass es ein Schlüssel war. Trotzdem begriff er in diesem Augenblick noch nicht, um was für einen Schlüssel es sich dabei handelte.

»Doch, natürlich will ich zum Training«, antwortete Jabali. »Wieso fragst du so blöd? Trainiert ihr etwa nicht mehr, so kurz vor dem Rennen?«

»Doch«, erklärte Michael. »Wir trainieren. Und zwar ab jetzt wieder mit dir.«

Allmählich wurde Jabali doch sehr ärgerlich. Er stand unter Zeitdruck. Und Michael war offenbar nur gekommen, um ihn mit dummen Sprüchen zu nerven.

»Mensch, Michael. Geh mir nicht auf den Keks. Ich hab wirklich keine Zeit.«

Jabali wollte an Michael vorbei die nächste Treppe hoch, um hinauf in seine Wohnung zu kommen.

Doch Michael machte einen Schritt zur Seite und stellte sich Jabali damit erneut in den Weg. »Dein Training kannst du vergessen ohne den hier«, sagte er, beendete das Herumwirbeln des Bandes um seinen Zeigefinger und hielt Jabali den Schlüssel unter die Nase. »Dein Rad ist gesichert.«

Jetzt erst begriff Jabali. »DU hast mein Rad angeschlossen?«, brach es aus Jabali heraus. »Was soll das? Gib mir sofort den Schlüssel. Wie bist du überhaupt in unseren Keller gekommen? Du hast dort nichts zu suchen. Los, gib mir den Schlüssel.«

Er schnappte nach dem Schlüssel. Doch Michael

zog ihn schnell weg und baute sich wieder breit vor Jabali auf.

»Mann!«, schnaufte Jabali vor Wut. Er wusste, dass er körperlich nichts gegen den kräftigen Michael ausrichten konnte, der sich wie eine Wand vor ihn gestellt hatte. »Ich muss zum Training!«

»Ich bin gekommen, um dich abzuholen«, erläuterte Michael nun. »Die anderen drei warten schon auf dich – bei Linh.«

»Bei Linh?«, staunte Jabali. Bis eben hatte er gedacht, Michael hätte sich diese dumme Aktion allein ausgedacht, aber offenbar steckte ein gemeinsamer Plan seiner vier Freunde dahinter. »Wieso bei Linh? Was soll das alles?«

»Wir haben etwas herausgefunden, das dich interessieren dürfte«, antwortete Michael. »Also, was ist? Gehen wir?«

Jabali atmete zweimal tief durch. Er überlegte, was er tun konnte. Und stellte schnell fest, dass er gar nichts tun konnte. Seine Teamkollegen hatten ohnehin schon wegen seines Krankheitsausfalls über ihn gelästert. Wenn er jetzt ohne Rad zum Training erschien, weil einer »seiner besten Freunde« sein Rad angekettet hatte, wäre er endgültig das Gespött seines Teams. Ihm blieb also nichts übrig, als Michael zähneknirschend zu Linh zu folgen, nachdem er noch schnell seine Schuhe gewechselt hatte.

Den gesamten Weg über sprachen sie beide kein Wort miteinander. Jabali war stocksauer. Und weil Michael das wusste, wollte er Jabali nicht noch mehr in Rage versetzen. Er konnte Jabalis Wut gut nachvollziehen, aber das musste er einfach in Kauf nehmen. So hatten die verbliebenen vier Asse es besprochen. »Wenn wir nicht an Jabali herankommen«, hatte Ilka vorgeschlagen, »dann muss er eben zu uns kommen. Und wenn nicht freiwillig, dann zwingen wir ihn.«

Genau das tat Michael nun.

Grußlos betrat Jabali, noch in kompletter Rennfahrer-Kleidung mit Turnschuhen an den Füßen, hinter Michael Linhs Zimmer. Sein erster Blick fiel auf sein Sitzkissen. Linh hielt es nach wie vor für ihn frei. Einen kurzen Augenblick freute er sich darüber. Trotzdem setzte er sich nicht, sondern blieb mitten im Raum stehen. Selbst nachdem Linh ihn freundlich aufforderte, sich doch zu setzen, und ihm auch ein Getränk anbot, blieb Jabali stur.

»Ich will weder sitzen noch etwas trinken«, muffelte er. »Ich will zu meinem Training.«

»Gut, dass du es ansprichst«, entgegnete Linh ruhig. »Deshalb haben wir dich zu uns gebeten.«

»Gebeten!« Jabali spuckte das Wort mehr aus, als dass er es sprach. »Michael hat mein Rad angekettet. Ich kann nicht zum Training. Mein Team wird mich auslachen und mein Trainer sauer sein. Tolle Freunde habe ich da.«

Die vier sagten nichts, sondern sahen sich gegenseitig nur vielsagend an.

Linh legte Jabalis Akte in die Mitte zwischen den Sitzenden auf den Boden.

»Was ist das?«, wunderte sich Jabali.

»Deine Krankenakte«, erklärte Linh. »Nach der hast du Asthma. Wusstest du, dass du asthmakrank bist?«

»Ich?« Jabali stand der Mund vor Erstaunen offen. Er brachte kein Wort mehr heraus.

»Ja, du! Steht hier in der Akte.« Aber Linh war noch nicht fertig. Sie legte weitere fünf Akten in die Mitte. Von Jabalis Teamkollegen. Linh hatte zwar die Namen der anderen nicht gewusst. Aber auf Jabalis Akte gab es einen Vermerk: »CF-TEAM«.

Cornflakes-Team. So hatte Linh, so schnell sie konnte, die Akten nach diesem Vermerk durchsucht und tatsächlich weitere gefunden. »Die haben auch alle Asthma. Komisch, oder?«

Jabali war noch immer sprachlos. »Wo habt ihr die her?«, war alles, was er herausbrachte.

Linh antwortete nicht darauf. Stattdessen reichte Ilka ihm einen Computerausdruck. »Hab ich im Internet gefunden.«

Zögerlich nahm Jabali das Papier entgegen. »Was soll das?«

»Lies!«, forderte Linh ihn auf.

Michael konnte es nicht abwarten und sagte ihm, was in dem Artikel, den Ilka ausgedruckt hatte, stand. »Dein feiner Sportarzt war schon mal Teamarzt«, begann Michael. »Bei einer Profimannschaft. Bis vor sieben Jahren. Dann wurden bei den Profis während einer Tour etliche Dopingmittel im Mannschaftsquartier entdeckt. Alle sagten aus, sie hätten sie von dem medizinischen Leiter des Teams bekommen.«

»Deinem Doktor Thomen«, ergänzte Lennart. »Er wurde angeklagt. Aber man konnte ihm nichts nachweisen. Dennoch wurde er aus dem Team ge-

 worfen, und auch die Universität, an der er arbeitete, hat ihn entlassen.«

Ilka setzte fort. »Dann wurde er Betriebsarzt in der Cornflakes-Firma ...«

»... und ist nun der Sportarzt eures Teams, in dem die jugendlichen Fahrer langsam zu Profis aufgebaut werden sollen«, beendete Linh das, was sie herausbekommen hatten.

»Profis im Doping!«, fügte Michael noch verächtlich an.

Jabali stierte auf das Papier. »Und ihr meint ...?«, stotterte er.

Michael packte Jabali hart an den Schultern. »Hast du etwa das Gefühl, Asthma zu haben?«, brüllte er ihn an. »Das ist doch totaler Quatsch!«

»Mann!«, schrie Jabali zurück, zerknüllte den Zeitungsartikel aus dem Internet, warf ihn Linh vor die Füße und brüllte weiter: »Wir sind Jugendliche. Kinder! Die dopen uns doch nicht. Spinnt ihr?«

»Nimmst du etwa keine Tabletten?«, fragte Lennart.

»Vitamine!«, behauptete Jabali.

»Auch«, gab Lennart ihm recht. »Aber die hier ...«

Lennart schüttete ein Röhrchen Tabletten vor Jabalis Füßen aus. »Die nimmst du doch, oder?«

Jabali gab es zu. »Aufbautabletten.«

»Ihr alle nehmt sie«, ergänzte Ilka und legte die Röhrchen nebeneinander, die sie in den Zimmern gefunden hatten. »In einem war noch der Beipackzettel drin. Ein Asthmapräparat.«

»Asthma?« Jabali konnte es nicht glauben. Aber er musste zugeben, dass alles, was seine vier Freunde sagten, sehr logisch klang.

»Und ...«, fragte er leise. »Was habt ihr jetzt vor?«

»Ganz einfach«, antwortete Michael. »Du steigst aus dem Cornflakes-Team aus!«

Entscheidung

Jabali konnte die ganze Nacht nicht ruhig schlafen. In was war er da hineingeraten? Er hatte die Chance seines Lebens gewittert, seinen Traum zu erfüllen und später einmal Sportprofi zu werden. Und jetzt, lange bevor er auch nur annähernd am Profi-Dasein eines Sportlers schnuppern konnte, sollte er in einen handfesten Dopingskandal verwickelt sein? Als Kind? Immer wieder warf Jabali sich von einer Seite auf die andere. Tausend Gedanken schossen ihm durch den Kopf, trieben ihm den Schweiß auf die Stirn und über den Körper. Was sollte er am nächsten Tag tun? Etwa zu dem Team gehen, zu seinem Trainer und die Karten offen auf den Tisch legen? Oder einfach wegbleiben, ohne einen Grund zu nennen?

Am nächsten Tag war ihm äußerst mulmig zumute. Aber er hatte eine Entscheidung getroffen. Jabali hatte von Michael den Schlüssel fürs Fahrradschloss bekommen. Aber diesmal fuhr er nicht mit dem Rad zum Training, sondern er schob es, um es zurückzugeben. Ebenso wie die Bekleidung. Jabali trug ganz normales Sportzeug. Entsprechend fiel die Begrüßung des Teams aus.

»Was ist denn mit dir los?«, fragte Sven sofort.

Und auch die anderen musterten ihn missbilligend.

»Gestern mussten wir schon ohne dich fahren. Und heute kommst du so. Was ist los? Ich denke, du willst Kapitän sein?«, fuhr Sven fort.

»Ich habe Neuigkeiten«, sagte Jabali nur.

»Neuigkeiten?«, fragte Jan, der in diesem Moment angeradelt kam und die letzten Worte gerade noch mitbekommen hatte.

Jabali zeigte die Medikamentenpackung, die Linh in seinem Papierkorb gefunden hatte.

»Ich habe kein Asthma«, sagte Jabali. »Warum kriege ich das Zeug?«

Jans Miene versteinerte sich von einer Sekunde auf die nächste. »Was soll das?«, fragte er.

»Das würde *ich* gern wissen«, entgegnete Jabali. Er merkte, wie ihm die Knie weich wurden.

Jan nahm Jabali beiseite und wies die anderen

 an, sich schon mal langsam in Bewegung zu setzen. »Wer sagt dir denn, dass das Asthma-Tabletten sind?«, fragte er. »Es sind harmlose Aufbautabletten. Aber wichtig.«

Jabali stutzte. Das hatte er sich nicht überlegt. Was sollte er jetzt sagen? Zugeben, dass seine Freunde heimlich in die Zimmer eingebrochen waren und Linh seine Krankenakte gestohlen hatte? Er entschied sich, gar nicht auf die Frage einzugehen.

»Es sind Asthma-Tabletten, oder nicht? Ich bekomme Medikamente, die ich nicht brauche. Aber die Medikamente steigern die Leistung …«

Jan sah ihn ernst an. »In letzter Zeit hatte ich nicht den Eindruck, dass sich deine Leistung steigert. Eher umgekehrt.«

Sven lachte schadenfroh. Erst jetzt bemerkte Jabali, dass Sven nicht mit den anderen losgefahren war, sondern dem Gespräch lauschte.

Jabali schluckte einmal, ballte die Fäuste vor Wut und Enttäuschung und sprach weiter, wie Linh es ihm erklärt hatte: »Es ist Vorbereitung zum Doping. Und Dr. Thomen war früher schon mal in einen Dopingfall verwickelt. Wieso ist der jetzt unser Arzt?«

»Dr. Thomen wurde freigesprochen. Willst du jetzt alles besser wissen?«, fuhr ihn Jan an. »Und hast du so viel Medizin studiert, dass du glaubst, eine bessere Diagnose als er stellen zu können? Er hat dich eingehend untersucht. Und ich an deiner Stelle würde seinem ärztlichen Urteil trauen, statt dich hier als Richter aufzuspielen.«

Sven nickte zustimmend und selbstgefällig.

»Und du?«, fauchte Jabali ihn an und merkte, wie ihm Tränen in die Augen stiegen. »Bist du auch plötzlich an Asthma erkrankt? Und die anderen?«

»Was geht dich das an?«, blaffte Sven ihn an. Und an den Trainer gewandt: »Können wir jetzt endlich? Mir wird kalt. Wenn ich noch lange hier rumstehe, dann werde ich noch wirklich krank.«

Jan nickte ihm zu.

»Fährst du nun mit oder nicht?«, fragte er Jabali.

»Nein!«, gab Jabali zurück.

»Deine Entscheidung!«, sagte Jan kühl, zog sein Handy aus der Trikot-Tasche, rief das Begleitfahrzeug, um Jabalis Rad abzuholen, und gab dem Team die Anweisung: »Also los. Sven, wir schließen zu den anderen auf. Dann übernimmst du die Kapitänsfunktion. Abmarsch!«

Jan und Sven klickten sich in die Pedale ein. Ohne Jabali noch eines Blickes zu würdigen, fuhren sie davon. Er, Sven und das ganze Team, Jabalis Team. Und damit seine einmalige Chance, zum Profisportler ausgebildet zu werden.

Jabali sah ihnen nach, bis sie aus seinem Blickfeld verschwanden. Dann begann er zu weinen.

Ein neuer Skandal

Michael schnaubte vor Wut, nachdem Jabali ihm von seinem Ausstieg aus dem Cornflakes-Team erzählt hatte.

»Miese Typen«, zischte er. »Aber ich hab's ja gleich gesagt. Wo Grünheimer mitmachen, das kann ja nur so enden.«

Jabali verdrehte die Augen. Dass Michael angeblich alles von Beginn an gewusst und geahnt hatte, tröstete ihn jetzt auch nicht. Im Gegenteil, Michael tat gerade so, als wäre Jabali vollkommen dumm und blauäugig in das Team eingestiegen. Wie hatte Jabali ahnen können, dass man nicht nur dem Sportarzt misstrauen musste, sondern offenbar auch noch die gesamte Teamleitung wusste, was dort ablief. Und sie schwiegen nicht nur dazu, im Gegenteil, ganz offensichtlich steckten alle aktiv unter einer Decke.

Ilka konnte Jabalis Niedergeschlagenheit sehr

 gut verstehen. Sie stellte sich vor, wie sie sich fühlen würde, wenn Mitglieder ihrer Schwimmstaffel sich als ebenso miese Betrüger herausstellen würden wie Jabalis Cornflakes-Team.

»Die lassen wir auffliegen«, verkündete Michael laut, obwohl niemand in der Nähe war, der es hätte hören können. Die drei standen allein in der Turnhalle. Frau Kick war im Geräteraum verschwunden und Linh und Lennart noch nicht erschienen.

Jabali sagte nichts dazu. Er wusste nicht so recht, wie man das anstellen sollte, »jemanden auffliegen« zu lassen. Zu wem musste man da gehen? Wem es erzählen?

Für Michael war das keine Frage: »Frau Kick natürlich. Wir werden ihr gleich davon berichten. Sie weiß bestimmt, was dann weiter zu tun ist.«

Das fand auch Ilka die beste Idee. Sie sah sich schon nach ihrer Lehrerin um. Doch vorher betrat Linh die Turnhalle. Mit einem sehr betrübten Gesicht.

Ilka ahnte sofort, dass irgendetwas geschehen sein musste. Nur wenige Sekunden nachdem Linh aus dem Mädchenumkleideraum die Halle betreten hatte, kam Lennart aus der Jungsumkleide. Auch er mit finsterer Miene. Lennart hielt einen Zettel in der Hand.

Michael verstummte und auch Jabali ahnte Schlimmes. Obwohl er nicht die leiseste Idee hatte, was jetzt noch auf ihn zukommen konnte.

»Hallo, ihr beiden!«, rief Ilka Lennart und Linh zu. »Ist was passiert? Ihr seht so ernst aus.«

»Allerdings ist etwas passiert«, sagte Lennart und zeigte das Schriftstück, das er in seiner Hand hielt. »Hier: eine offizielle Erklärung des Cornflakes-Teams an den Veranstalter des Radrennens.«

Michael, Ilka und Jabali konnten sich nicht vorstellen, was das Cornflakes-Team zu erklären hatte.

»Eine Erläuterung der Veränderung ihres Teams«, berichtete Lennart. »Die Verantwortlichen behaupten, sie hätten Jabali aus ihrem Team gefeuert, weil der Verdacht auf Medikamentenmissbrauch besteht. Sie wollten aber nur mit einem sauberen Team fahren.«

»Wie bitte?«, fragte Ilka.

Jabali stand der Mund offen. Er war unfähig, auch nur einen Satz herauszubringen.

Linh ergänzte währenddessen: »Sie sind in die

 Offensive gegangen. Ehe Jabali ihnen etwas vorwirft, schieben sie ihm die Schuld in die Schuhe. Wenn Jabali jetzt etwas gegen das Cornflakes-Team vorbringt, wird es heißen, er wolle nur von seinen eigenen Problemen ablenken.«

»Das ist doch kriminell!«, schimpfte Ilka. »Dagegen muss man doch etwas unternehmen!«

»Was denn?«, fragte Lennart. »Der Arzt des Cornflakes-Teams kann leicht nachweisen, dass Jabali die Asthma-Mittel genommen hat. Umgekehrt kann Jabali dem Arzt gar nichts beweisen, schon gar nicht, dass auch die anderen Team-Mitglieder von dem Arzt aufgeputscht werden.«

»Aber wir haben die Krankenakten!«, erinnerte Michael. »Die beweisen doch alles!«

Linh hingegen blieb skeptisch. »Dann müssen wir offenlegen, wo wir die herhaben. Und schon werden wir wegen Diebstahls angezeigt. Außerdem ist es nicht verboten, bei Kindern Asthma festzustellen. Im schlimmsten Fall ist es dann eben eine Fehldiagnose des Arztes, aber kein Doping von Kindern!«

Genauso schätzte Frau Kick die Sache auch ein, als die Kinder ihr ausführlich von dem Komplott berichteten, den das Cornflakes-Team jetzt offenbar gegen Jabali schmiedete.

»Im Moment können wir sogar noch von Glück reden, wenn Jabali in unserem Team mitfahren darf«, erklärte Frau Kick den Kindern. »Aber natürlich werden wir die Sache nicht auf sich beruhen lassen. Sondern im Auge behalten und gegebenenfalls Schritte unternehmen.«

»Gegebenenfalls?«, schrie Michael auf. »Was heißt das denn?«

»Das heißt, vielleicht!«, übersetzte Linh.

»Wenn wir etwas in der Hand haben«, präzisierte Frau Kick. »So lange sollten wir uns auf uns und unsere Arbeit konzentrieren.«

Wie das gehen sollte, verriet sie ihnen allerdings nicht.

Jabali war außer sich. Er hatte davon geträumt, Profi zu werden. Und nun hatten sie ihn nicht nur fallen gelassen wie eine heiße Kartoffel, sondern stempelten ihn auch noch als Betrüger ab. Ausgerechnet ihn! Am liebsten hätte Jabali das Radfahren auf der Stelle aufgegeben und sich wieder seiner ursprünglichen Sportart, dem Laufen, gewidmet. Doch in dieser Situation ging das nicht. Alle

hätten es für einen Rückzug, ja geradezu für eine Flucht gehalten und die Vorwürfe wären den Rest seines Lebens an ihm haften geblieben. Jabali musste das Rennen fahren und er musste seine Unschuld beweisen.

Das große Rennen

Jabali war übernervös. Wochen-, ja monatelang hatte er sich auf dieses Rennen gefreut. Jetzt konnte er die Atmosphäre der Veranstaltung gar nicht genießen. Zwar war es ein tolles Bild, wie sich die Straße mehr und mehr mit Rennfahrern füllte. Hunderte waren schon da. Viel zu früh, aber dennoch herrschte nirgends die Langeweile des Wartens, sondern vielmehr ein geschäftiges Treiben.

Jabali schaute auf die Uhr. Allmählich mussten aber auch die anderen der Fünf Asse kommen. Plus Jessica. Sie war als Ersatz für Jabali eingesprungen, da verstand es sich von selbst, dass sie nicht wieder rausgeworfen wurde, nur weil Jabali zurückgekehrt war. So fuhren sie halt als Sechserteam.

Dank Frau Kicks Einsatz durfte Jabali mitfahren, obwohl er vom Cornflakes-Team so sehr ange-

 schwärzt worden war. Von Weitem sah er jetzt die Cornflakes-Teamfahrer in der Nähe ihres Servicewagens. Ihre Räder wurden noch mal vom Werkstattleiter überprüft. Trainer Jan gab letzte Anweisungen. Wirklich wie ein Profiteam, dachte Jabali mit bitterem Nachgeschmack. Er sah Sven, der nun zum Kapitän aufgerückt war, und beobachtete, wie sich die Fahrer gegenseitig siegessicher abklatschten.

»Wow. Was fahren die für Räder!«

Das war Lennarts Stimme, der plötzlich hinter Jabali stand. Sein Rad hielt er mit der rechten Hand neben sich.

»Allerdings«, stimmte Jabali ihm zu. »Geldmangel haben die nicht.«

Jabali fuhr nun auf einem der alten Schul-Rennräder. Die Räder des Cornflakes-Teams kosteten rund das Zehnfache und waren gut drei bis vier Kilo leichter.

Inzwischen waren Michael, Ilka und Linh angekommen. Und auch Jessica trudelte ein. Jabali rieb sich die Augen.

»Wo hast du denn das Rad her?«, fragte er.

Jessica grinste ihn an. »Die Schule wollte es nach

dem Rennen sowieso aussortieren. Da haben meine Eltern es günstig gekauft und ...«

»... haben es umgespritzt?«, fragte Michael mit gerümpfter Nase.

Jessicas Rad schimmerte komplett rosa.

»Ein Onkel von mir ist Autolackierer«, freute sich Jessica.

»Irgendwie bleibt mir auch nichts erspart«, klagte Jabali leise vor sich hin. Er schielte kurz hinüber zum Cornflakes-Team und bemerkte schon, wie Sven, Kai und Max sich über das rosarote Rad amüsierten.

Zu allem Überfluss rollten in dem Moment auch noch die Grünheimer vorbei und hielten kurz an. Einer von ihnen klopfte Michael auf die Schulter und lästerte: »So ein Rosa würde eurem ganzen Team gut stehen. Das Rosa-Schweinchen-Team der James-Connolly-Schule.«

Die Grünheimer lachten.

Michael ballte schon wieder seine Fäuste.

Schnell ging Ilka dazwischen. »Und euer Grün sieht aus, als würdet ihr direkt auf dem Rad verschimmeln.«

Michael grinste. Die Vorstellung gefiel ihm.

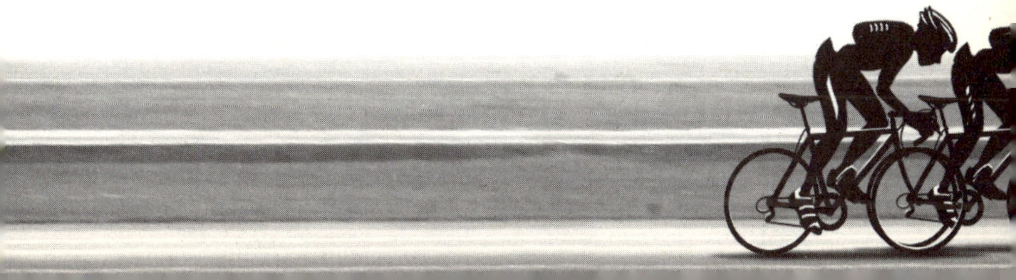

Die Grünheimer ließen sich nicht weiter auf eine Diskussion ein und rollten einfach davon.

Ilka legte tröstend eine Hand auf Michaels Schulter. »Macht euch nichts draus, Jungs. Denkt einfach an den rosaroten Panther. Der ist doch cool.«

»Genau!«, strahlte Jessica.

Jabali hielt sich da lieber an das Radtrikot, das Frau Kick hatte anfertigen lassen. Ein weißes Trikot aus bestem atmungsaktivem Material mit einem kleinen Logo ihres Teams. Dazu hätte gepasst, wenn ihre Räder auch weiß lackiert gewesen wären. Aber die rosarote Jessica hatte natürlich wieder nur an sich gedacht.

Endlich tauchte auch Frau Kick an der Straßenseite auf. »Es geht gleich los!«, rief sie ihnen zu. »Alles klar bei euch?«

»Ja!«, rief Lennart ihr zu, während er prüfend in die Runde sah.

Jabali machte sich bereit. Er stieg mit einem Bein übers Rad, klickte sich in die Pedale ein, stellte seinen Tacho auf null, trank noch einen Schluck aus der Wasserflasche, richtete die Radbrille, die seine Augen vor Sonne, Wind und heranfliegenden

Insekten schützte. Zurrte den Helm fest, prüfte den korrekten Sitz seiner Handschuhe, rollte an die Fahrer vor ihm heran.

Und dann ging es auch schon los. Wie ein Bienenschwarm surrten die mehr als 500 Räder, die an diesem Junioren-Rennen teilnahmen, über den Asphalt.

Michael legte gleich von Beginn an einen Zwischenspurt hin, zog ganz links außen am Feld vorbei. Linh und Ilka folgten zunächst, schauten sich um, was sich im Feld tat, wer aufmerksam wurde, wer sich dranhängte, wer ihn ignorierte. Lennart und Jabali blieben hinten, mitten im Feld. Zwischen ihnen fuhr Jessica.

Linh beobachtete, wie Sven Michael aufmerksam hinterhersah, für einen Moment dem inneren Impuls folgen wollte, Michael zu folgen. Dann besann er sich, blieb im Sattel, schaute sich um, suchte offenbar nach Jabali und Lennart. Als er beide im Blick hatte, die ein ganzes Stück hinter ihm fuhren und keinerlei Anzeichen erkennen ließen zu attackieren, entspannte er sich.

»Es scheint zu funktionieren, dass die Michael nicht ernst nehmen«, dachte Linh bei sich. Genau

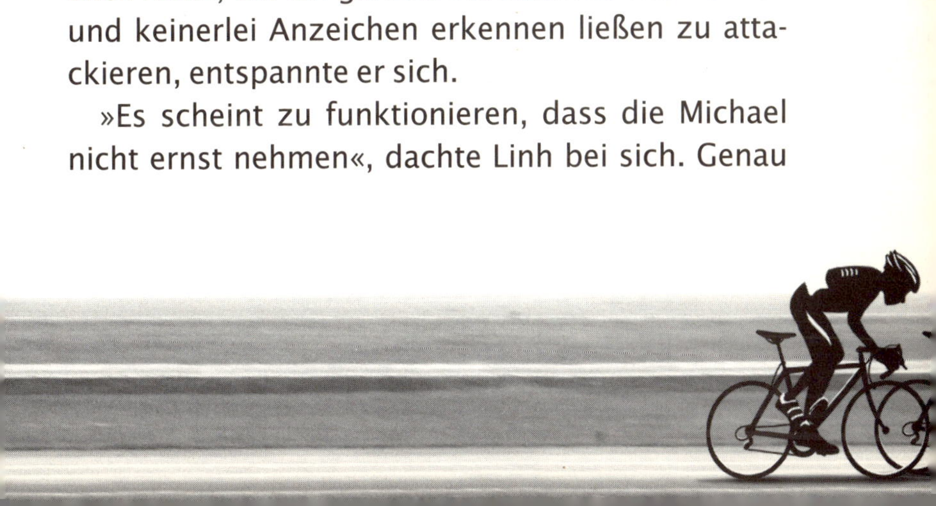

 wie Frau Kick gesagt hatte. Sie sprintete Michael hinterher, um ihn zu informieren, während Ilka sich schnell wieder zurückfallen ließ, um Lennart und Jabali diese Information weiterzugeben.

Michael setzte seinen Zwischenspurt fort, nachdem er von Linh gehört hatte, dass ihr Plan aufging. Jessica hängte sich mit dran, so konnten sie beide sich gegenseitig unterstützen.

Die Grünheimer hielten sich zurück. Solange das Cornflakes-Team nichts unternahm, taten sie auch nichts.

Einer von den »Möwen« aus Schleswig-Holstein und ein Bayer folgten und setzten sich gemeinsam mit Michael und Jessica als Vierergruppe ab, die schnell an Vorsprung gewann.

Jabali hielt sich am Hinterrad von Lars, dem letzten Fahrer des Cornflakes-Teams.

Zehn Kilometer lagen noch vor ihnen. Schon nach zweien davon wusste Michael, was Lennart gemeint hatte, wie schwer es wäre, einen Vorsprung zu halten. Obwohl er im Training mehrfach diese Streckenlänge bewältigt hatte, dachte Michael, ihm springe der Puls aus dem Schädel. Seine Beine brannten, aber kurbelten, was die Pedale hergaben. Er keuchte und hechelte. Und das wurde auch nicht viel besser, als der Bayer sich vor ihn setzte und etwas Windschatten gab. Jessica blieb konsequent hinter den dreien.

»Kreisel?«, keuchte der Bayer Michael zu. Und Michael war froh, dass es nicht nur ihm so ging.

»Ja!«, stimmte Michael zu. Und schaute zu dem Dritten im Bunde.

»Klar!«, signalisierte der. Die drei waren sich einig.

Michael schaute zu Jessica.

»Ich bleibe dran, solange ich es schaffe!«, rief sie den Jungs zu. »Wenn es gut geht, kreisel ich mit!«

Die Jungs waren einverstanden. Sie würden versuchen, so lange es irgend ging, als kreiselnde Dreiergruppe den Vorsprung zu halten, um dann am Schluss den Sieg unter sich auszumachen. Würde ihr Konzept aufgehen, so wären sie wenigstens alle drei auf dem Treppchen. Jessica gewährten sie dauerhaften Windschatten. Irgendwann würde sie dennoch abfallen, waren die Jungs sich sicher.

Doch auch die Dreiergruppe hielt nicht lange durch. Bis zur Hälfte der Strecke ließ das Corn-

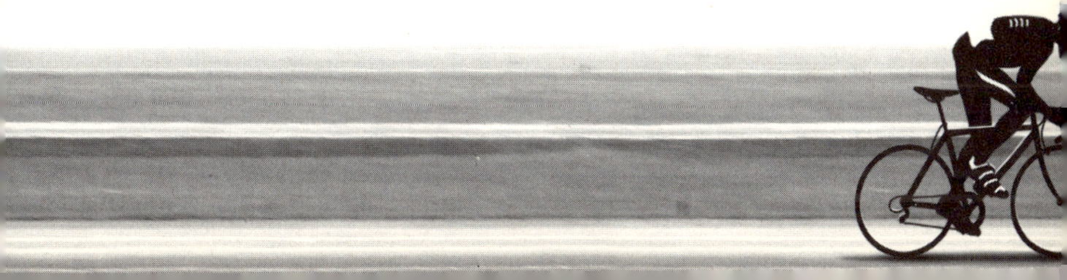

 flakes-Team die Spitzengruppe ziehen. Doch dann wurde ihnen der Vorsprung zu groß. Am Straßenrand tauchte plötzlich Jan auf, der ein Plakat in der Hand hielt: 1'15 stand darauf geschrieben.

Jabali begriff. Da sie nicht wie die Profis über Funk verfügten, gab Jan seinem Team auf diese Weise die Information, wie viel Vorsprung Michael, Jessica und die beiden anderen vor dem Feld mittlerweile hatten: eine Minute und 15 Sekunden. Ein großer Vorsprung. Aber zu schaffen.

Sven blies zur Attacke. Sein Team funktionierte. So wie Jabali es bei ihnen im Training auch schon erfahren hatte, surrte das Team los wie ein ICE, der erst langsam und schwerfällig in Fahrt kommt, dann aber durch die Landschaft saust und kaum noch zu bremsen ist.

Lennart sah sofort, was los war. »Das schafft Michael nicht!«, war er sich sicher.

Jabali teilte seine Einschätzung. »Was sollen wir tun?«

»Häng dich dran!«, schlug Ilka vor.

»Wo?« Jabali verstand nicht.

»Na, an dein ehemaliges Team!«, rief Ilka ihm zu.

»Ich bin doch kein Lutscher!«, empörte sich Jabali.

Ilka schüttelte verständnislos den Kopf. »Du bist hier im Rennen. Hier geht es um Taktik. Häng dich dran! Schau, zwei Grünheimer machen das auch!«

»Und ihr?«, fragte Jabali.

»Wir ziehen Lennart mit, so weit es geht«, versprach Ilka.

Jabali nickte ihr zu. »Okay!«

Doch das Cornflakes-Team drückte jetzt mächtig aufs Tempo.

Hundert, zweihundert Meter lagen bestimmt schon zwischen ihnen und Jabali. Wie sollte er auf sich allein gestellt den Anschluss herstellen? Auch die beiden Grünheimer, die sich mitziehen lassen wollten, fielen schon ab. Sie konnten das Tempo einfach nicht halten.

»Wir fahren ihn ran!«, entschied Lennart. »Los!« Und endete in einem Hustenanfall.

»Was ist los?«, fragte Linh.

»Uäh! Proteine!«, lachte Lennart.

Linh begriff, was er meinte. Ein Insekt war ihm mit dem Fahrtwind in den Mund geflogen und Lennart hatte es verschluckt.

»Hoffentlich keine Wespe«, wünschte Ilka ihm bloß.

»Ich glaub nicht«, antwortete Lennart und wiederholte seinen Aufruf zur Attacke.

Und dann sprintete er los.

Linh und Ilka hefteten sich an ihn dran, so wie sie es Dutzende Male im Training geübt hatten. Ganz hinten und damit am meisten im Windschatten fuhr Jabali. Schnell hatten sie die Grünheimer eingeholt, die noch einmal eine Chance witterten, sich an das Cornflakes-Team heranfahren zu lassen. Sie hängten sich in den Windschatten der vier Asse.

Indem die vier jetzt das Tempo steigerten und damit das Cornflakes-Team noch anspornten, schadeten sie zwar Michael, der es nun noch weniger schaffen würde, den Vorsprung zu halten, aber die Taktik hatte sich verändert. Jetzt ging es darum, Jabali an das Cornflakes-Team heranzufahren. Wenn er erst mal dran war, konnte er auf eigene Faust einen Ausreißversuch unternehmen. Genügend Kraft und Ausdauer dafür besaß er.

Lennart beschleunigte die Trittfrequenz, schaltete in einen noch höheren Gang, stieg aus dem

Sattel, beugte sich weit nach vorn, um so wenig Luftwiderstand wie möglich zu bieten, und legte einen Zwischenspurt ein. Dann setzte er sich auf den Sattel und ging in Zeitfahrposition wie die Triathleten und damit an seine Kraftreserven. Seine Oberschenkel brannten, die Waden drohten auseinanderzuspringen, aber er beobachtete auf dem Tacho, wie die Geschwindigkeit stieg. Von hinten kam kein Kommando, langsamer zu fahren, also versuchte er, weiter zu beschleunigen. Seine Tachouhr diente gleichzeitig als Pulsmesser. 110 Prozent! Eine Belastung, die er nicht lange durchhalten konnte. Doch Lennart spürte, dass sich der Abstand zum Cornflakes-Team verringerte.

Gleich hab ich sie! Dieser Gedanke jagte ihm durch den Kopf, verdichtete sich dort zu einem gleichmäßigen Rhythmus. Gleich-hab-ich-sie. Wie eine Dampflokomotive, die zunächst gemächlich, dann immer schneller in Fahrt kam, entsetzlich vor sich hin schnaufte und doch optimal Kraft in Geschwindigkeit umsetzte. Gleich-hab-ich-sie. Gleich-hab-ich-sie. Der Rhythmus beschleunigte. Gleich-hab-ich-sie. Gleich-hab-ich-sie ...

Nichts um sich herum nahm Lennart noch wahr.

158 Nicht die anderen Rennfahrer, die er hinter sich gelassen hatte. Auch nicht, dass Ilka und Linh längst hatten abreißen lassen müssen. Und mit ihnen die beiden Grünheimer, die ebenfalls einfach nicht mehr hinterherkamen. Nicht die versprengten Zuschauer, die sich am Straßenrand hinter den Absperrungen sehr sporadisch versammelt hatten und applaudierten. Nicht das Durstgefühl in seinem Mund, der sich mittlerweile so trocken und staubig anfühlte wie die Wüste Gobi zur Mittagszeit. Gleich-hab-ich-sie. Gleich-hab-ich-sie.

»Okay!« Eine erlösende Stimme von hinten. Jabali! Er hatte als Einziger mithalten können und fühlte sich nun stark genug, die wenigen verbleibenden Meter bis zum Cornflakes-Team allein zu gestalten. Lennart scherte dankbar nach links aus. Jabali zog rechts vorbei und hängte sich bis auf fünf Zentimeter an das Hinterrad von Lars aus dem Cornflakes-Team.

Sofort nutzte er den psychologischen Vorteil. Wieder saß Jabali auf einem Rad, bei dem die Nabe seines Laufrades im Leerlauf schnarrte. Jabali trat noch einmal kräftig in die Pedale, musste aufpassen, dass sein Vorderrad nicht Lars' Hinterrad berührte, dann pausierte er mit dem Treten. Die Nabe seines Laufrades schnarrte. Lars hörte dies sofort, wusste, dass jemand im Leerlauf ausrollen ließ, drehte sich nervös um und erkannte mit Schrecken, wie dicht ihm Jabali auf die Pelle gerückt war. Im Leerlauf! Sofort drehte sich Lars wieder nach vorn.

Jabali spürte die Nervosität seiner ehemaligen Team-Kollegen. Noch mal legten sie einen kleinen Zahn zu. Jabali, im Windschatten, konnte mühelos mithalten. Seine Freunde, allen voran Lennart, hatten ihn unter Aufbietung letzter Kraftreserven hervorragend an das Cornflakes-Team herangefahren, sodass er genügend Kraft für die nächste Attacke hatte aufsparen können.

Nur fünfzig Meter vor ihnen tauchten bereits Michael und die anderen beiden Ausreißer auf. Jessica überholten sie schon. Sie hatte tatsächlich nicht mehr mithalten können. Gleich hatten sie die Spitzengruppe eingeholt. Jabali überlegte angestrengt, was er dann tun sollte. Er wusste, dass er Sven im Sprint vermutlich unterlegen sein würde. Also musste ihm vorher ein Ausreißversuch gelingen. Und er wusste auch schon, wo. Fünfmal war Frau

 Kick mit ihnen das Höhenprofil der Strecke durchgegangen. Er wusste, dass zwei Kilometer vor dem Ziel eine Anhöhe kam. 350 Meter lang mit sechs Prozent Steigung. Ein anstrengender Anstieg. Dieser Anstieg war Jabalis Chance. Und diese Chance würde er nutzen!

Ausreißer

Jabali wusste, dass Sven ein schlechter Bergfahrer war. Sven musste seine ganze Hoffnung darauf setzen, dass ihm jetzt am Anstieg niemand davonfuhr. Jabali wartete die ersten fünfzig Meter ab, dann brach er aus, ging in den Wiegetritt und zog in einem Zwischenspurt bergauf an dem gesamten Cornflakes-Team vorbei. Jabali wusste, das war der leichtere Teil des Ausreißversuchs. Aus dem Windschatten heraus jemanden zu überholen, war ein Kinderspiel. Jetzt aber musste Jabali zeigen, was in ihm steckte. Bergan spielt der Windschatten nur eine geringe Rolle. Deshalb war es besonders günstig, hier die Attacke zu setzen. Jabali drehte sich nicht um. Noch nicht. Er ging bis an die Grenze seines Leistungsvermögens. Sein Herzschlag hämmerte in seiner Brust. Die Beine begannen zu brennen. Jabali schwenkte das Rad unter sich hin und her, links, rechts, links, rechts, während er seinen Oberkörper gerade und ruhig hielt. Die ganze Kraft kam aus den Oberschenkeln und dem Gesäß. Jabali wollte dieses Tempo bis zum Gipfel halten. Er wusste nicht, ob er es schaffen würde. Nach etwa 100 Metern musste er sich setzen, wechselte in den gleichmäßigen, schweren Rhythmus des Anstiegs. Auch hier links, rechts, links, rechts. Wobei es ihm nicht mehr gelang, den Oberkörper ruhig zu halten. Trotzdem konzentrierte er sich auf den runden Tritt. Treten – ziehen – schieben, treten – ziehen – schieben. Er war voll in den Rhythmus hineingekommen und wusste, so würde er den Berg sehr gut schaffen. Nach 150 Metern schaute er einmal kurz zurück und erkannte, dass er das Cornflakes-Team weit hinter sich gelassen hatte. Insofern war sein Ausreißversuch geglückt. Dennoch musste er erstaunt feststellen, dass ihm jemand am Hinterrad klebte. Im roten Trikot. Der Bayer, der mit Michael zur ersten Ausreißgruppe gehört hatte, hatte den Anschluss bekommen und war Jabali bei seinem Ausreißversuch gefolgt.

Bayern!, schoss es Jabali durch den Kopf. Klar! Die trainierten nur in den Bergen. Anstiege mussten deren Spezialität sein.

Genau in dem Augenblick, als Jabali das dachte, stieg der Bayer aus dem Sattel und zog an ihm vorbei.

Verdammt!, dachte Jabali. Wo nimmt der die Kraft und die Luft her?

Zusätzlich durch den Frust gelähmt, geriet Jabali aus seinem Rhythmus, begann nun mehr verzweifelt zu strampeln, statt ruhig weiter im Rhythmus des runden Tritts zu fahren. Das kostete Kraft. Plötzlich fiel jeder Tritt umso schwerer, während der Bayer sich nahezu leichtfüßig vor Jabali setzte und den Vorsprung spürbar vergrößerte.

Ich muss ihn ziehen lassen, stellte Jabali resigniert fest. Er besaß keine Kraftreserven mehr, konnte nichts mehr zusetzen, fuhr am absoluten Limit. Dranbleiben, sich von ihm mitziehen und damit das Cornflakes-Team immer weiter hinter sich lassen – das wäre jetzt die richtige Taktik gewesen. Doch es ging nicht. Jabali war am Ende. Er musste nun aufpassen, sich nicht ganz und gar aufzugeben, sich zurückfallen und damit doch wieder vom Cornflakes-Team einholen zu lassen. Nach einem Anstieg folgte eine Abfahrt. Da würde Sven versuchen, das verlorene Terrain gutzumachen.

Jabali wusste, dass Sven ein guter Abfahrten-Fahrer war. Er beherrschte nicht nur sein Rad, sondern war auch waghalsig genug, ein hohes Risiko einzugehen. Da, wo Jabali aus Vorsicht abbremste, sauste Sven durch. Vielleicht war er mutig. Vielleicht auch nur dumm. Sicher aber war er in der Abfahrt schneller als Jabali. Deshalb durfte Jabali sich jetzt nicht aufgeben. Auch wenn er dem Bayern nicht folgen konnte, musste er den Abstand zum Cornflakes-Team vergrößern.

Der Bayer war bereits über die Kuppe des Anstiegs und somit aus Jabalis Blickfeld heraus gefahren. Auch Jabali hatte die Kuppe gleich erreicht. Noch einmal blickte er sich um. Sven und sein Team hatten noch fast den halben Berg vor sich. Ein guter Vorsprung.

Jabali schloss den Reißverschluss seines Trikots hoch bis zum Hals. Gleich würde es kühl werden. Mit einem kleinen Klick seiner linken Hand am Schalthebel legte er die Kette wieder auf das rechte, große Blatt, ließ kurz darauf mit der rechten Hand am Schalthebel die Kette hinten auf ein kleineres Zahnrad rutschen. Ein schwerer Gang für die bevorstehende Abfahrt. Ein Tempo von 50 oder

vielleicht sogar 60 Stundenkilometern war zu erwarten. Jabali blickte nach vorn und bemerkte, dass er den Bayern gar nicht sah.

Das konnte nicht sein!

Die Abfahrt erstreckte sich über mehr als einen Kilometer. Jabali konnte sie komplett überblicken bis zum Ende, wo es kurz vor Grünheim wieder etwas hinauf zum Ziel ging. Der Bayer musste zu sehen sein. Anders ging es gar nicht.

Jabali musste aufpassen, sich weiter zu konzentrieren. Er legte seine Knie von beiden Seiten an die Mittelstange des Rahmens, um so eine größere Fahrstabilität zu erreichen, fasste den Lenker an seiner untersten Position, machte seinen Rücken so rund es ging, senkte den Kopf und legte ihn gleichzeitig in den Nacken, um nach vorn sehen zu können. Er spürte, wie er in rasantem Tempo schneller und schneller wurde, legte den höchsten Gang ein und – sah den Bayern!

Beziehungsweise zunächst nur dessen Rad. Es lag verbogen und verbeult am Straßenrand kurz vor einer Leitplanke.

»Verdammt!«, fluchte Jabali. Mehr Zeit benötigte er nicht, um eine Entscheidung zu treffen. Er machte eine Vollbremsung, musste dabei aufpassen, nicht selbst zu stürzen, und brachte schließlich das Rad zum Stehen. Dann sah er über die Leitplanke hinweg die Böschung hinunter. Etwa zwei Meter unter ihm saß der Bayer im Gestrüpp.

Er saß! Jabali fiel ein Stein vom Herzen.

»Wie geht's?«, rief Jabali zu ihm hinunter.

»Ich glaube, alles okay!«, rief der Bayer zu ihm hinauf. »Nur mein Arm tut etwas weh.«

Jabali sah, wie der Bayer sich den linken Arm hielt.

Jabali blickte die Straße entlang in die Richtung, aus der er gekommen war. Das Cornflakes-Team rollte heran. Sven und die anderen nahmen gerade volles Tempo auf. Jabali richtete sich auf und winkte ihnen mit beiden Armen. »Anhalten!«, rief er. »Ich brauche Hilfe!«

Er wusste nicht, ob er den möglicherweise verletzten Bayern allein die steile Böschung hinauf bergen konnte. »Anhalten!«

Das Cornflakes-Team raste auf ihn zu.

»Anhalten! Hier ist einer verletzt!«, brüllte Jabali und stellte sich halb auf die Fahrbahn.

»Hau ab da, du Idiot!«, hörte Jabali Sven brüllen.

Jabali sprang beiseite. Das Cornflakes-Team raste an ihm vorbei die Abfahrt hinunter.

Unmittelbar darauf allerdings bremste jemand. Lennart und Ilka. Nachdem sie Jabali an das Cornflakes-Team herangefahren hatten, hatten sie nicht abreißen lassen und waren dem Team dicht auf den Fersen geblieben.

»Was ist?«, fragte Ilka.

Jabali erklärte schnell, was passiert war, und zeigte hinunter auf den Bayern.

Ilka verlor keine Zeit. Sie sprang vom Rad, kletterte über die Leitplanke und krabbelte die Böschung hinunter, wobei sie hinten in ihre Trikottasche griff. Dort hatte sie ihr Notfalltäschchen verstaut.

Jabali und Lennart folgten ihr langsamer. Als sie die beiden erreicht hatten, konnte Ilka schon Entwarnung geben: »Ich denke, es ist nur eine Prellung. Mann, da hast du echt Schwein gehabt!«

»Ja«, sagte der Bayer leise. »Ich hab einen Moment nicht aufgepasst, mich versteuert und bin dann über die Leitplanke. Was ist mit meinem Rad?«

»Schrott!«, antwortete Jabali knapp und ehrlich.

»So eine Scheiße!«, sagte der Bayer.

»Na hör mal«, widersprach Ilka. »Sei froh, dass dein Kopf nicht so aussieht wie dein Rad.«

Der Bayer nickte zögernd. Er wusste, dass Ilka recht hatte.

In dem Moment schauten drei Köpfe von oben herunter. Linh, Michael und Jessica.

»Was ist los?«, fragte Michael.

Lennart gab ihnen ein Zeichen.

»Fahrt weiter. Wir haben alles im Griff hier!«

»Wirklich?«, fragte Linh nach.

»Ja!«, versicherte Lennart.

»Okay!« Die drei schwangen sich auf ihre Räder.

Ilka, Jabali und Lennart halfen dem Bayern hinauf auf die Straße, wo er noch einmal einen traurigen Blick auf sein zerstörtes Rennrad warf, bevor ein Krankenwagen mit Blaulicht an der Seite hielt und den Bayern einsammelte.

Kurz bevor er in den Wagen einstieg, wandte er sich noch einmal um: »Danke für eure Hilfe!«

»Ehrensache!«, rief Jabali ihm zu.

»Wie heißt du eigentlich?«, fragte Lennart.

»Gruner, Maximilian«, sagte der Bayer in der typisch bayrischen Art, erst den Nach- und dann den Vornamen zu nennen.

»Gruner?«, überlegte Ilka. »DER Gruner?«

Maximilian nickte. »Ja, mein Vater ist der Veranstalter dieses Rennens.«

»Na dann«, lachte Jabali. »Schöne Grüße. Er soll so ein Rennen nächstes Jahr wieder organisieren, damit wir dann auch mal gewinnen können.«

Maximilian lachte, winkte den dreien zu und stieg in den Krankenwagen ein.

»Okay«, sagte Lennart, nachdem Maximilian weg war. »Dann bringen wir unser Rennen mal gemütlich zu Ende. Das Cornflakes-Team holen wir sowieso nicht mehr ein.«

Mittlerweile war auch das Hauptfeld schon an ihnen vorbeigekommen, an das sich die drei anhängten, und mit ihm fuhren sie bis zum Ziel. Dort ließ sich das Cornflakes-Team schon groß feiern. Tatsächlich hatten sie das Rennen gewonnen. Sven war als Erster durchs Ziel gefahren und fühlte sich wie ein großer Sieger.

Bis ein Mann auf ihn zukam, der eine Weste mit der Aufschrift »Ordner« und dem Namen des Veranstalters trug.

»Kommt ihr bitte mal mit?«, bat der Ordner höflich, aber bestimmt.

»Wohin?«, wunderte sich Sven, der eigentlich gerade zur Siegerehrung gehen wollte.

»Die ist etwas verschoben«, informierte ihn der Ordner. »Bitte geht mal da vorn in den Wohnwagen. Das ganze Cornflakes-Team.«

Diesen Vorfall bekamen die Fünf Asse gar nicht mit. Frau Kick informierte die Kinder darüber.

»Ich habe Herrn Gruner, dem Veranstalter dieses Rennens, die Krankenakten gegeben, die ihr ... ›gefunden‹ ... habt. Und da Dr. Thomen Herrn Gruner kein Unbekannter ist, hat er sofort reagiert. In der Cornflakes-Zentrale und im Trainingszentrum hat parallel zu diesem Rennen eine Hausdurchsuchung durch die Polizei stattgefunden. Verdacht auf Medikamentenmissbrauch und Verstoß gegen das Betäubungsmittelgesetz. Das gesamte Cornflakes-Team ist disqualifiziert. Den Rest entscheidet der Richter.«

Jabali freute sich. So wurde der miese Verdacht, den der Sportarzt und Jan auf ihn gelenkt hatten, doch noch ins rechte Licht gerückt.

»Dann weiß man heute gar nicht, wer gewonnen hat?«, fragte Lennart nach.

Frau Kick lachte. »Doch! Ihr!«

Lennart runzelte die Stirn. »Wieso wir? Ich bin 150. geworden«, stellte er richtig.

Frau Kick zeigte zur Tribüne, wo die Siegerehrung stattfinden sollte.

»Dort bekommt ihr gleich einen Fairness-Pokal, weil ihr euer Rennen abgebrochen habt, um einem verunglückten Sportkollegen zu helfen.«

»Wow!«, rief Jabali. »Das ist doch auch was!«

»Allerdings«, bestätigte Frau Kick.

Nur Ilka beschäftigte noch eine Frage: »Wer hat denn eigentlich gewonnen, wenn das Cornflakes-Team disqualifiziert werden sollte? Ich meine, wer ist direkt nach denen ins Ziel gekommen?«

Frau Kick grinste nur breit, nickte mit dem Kopf zur Seite.

Neben ihr standen Michael, Linh und Jessica.

Michael nahm Jessicas linken Arm und streckte ihn in die Höhe, wie es die Kampfrichter beim Sieger eines Boxkampfes immer machten. »Darf ich vorstellen?«, lachte Michael. »Die neue Rad-Prinzessin!«

»In Rosarot!«, stöhnte Jabali.

Alle lachten.

ISBN 978-3-423-**71319**-1

ISBN 978-3-423-**71320**-7

ISBN 978-3-423-**71321**-4

ISBN 978-3-423-**71322**-1

Steht auf
und frühstückt!
nutella
www.nutella.de

WWW.CLUBNICK.DE
Mehr Wissen, mehr Spaß, mehr NICK!
EINE WOCHE GESCHENKT!
Für die ersten 10.000 Teilnehmer.
Gehe auf www.clubnick.de, logg dich mit deinem GRATIS - CODE ein und entdecke den Club mit deinen NICK Helden!
Dein GRATIS - CODE*:
fuenf-asse-code
* Es gelten die AGB. Die Mitgliedschaft endet automatisch nach 7 Tagen.
SPIELE
Spielend lernen! Teste dein Gedächtnis mit den NICK Helden!
Kreativität ist gefragt! Bastel deinen eigenen Cartoon!
CARTOON CREATOR
VIDEO QUIZ
Zeige dein Können im spannenden VIDEOQUIZ!
CLUB
NICK
NICK kommt mit.www.clubnick.de